로또부터 장군까지 6

2023년 10월 20일 초판 1쇄 인쇄
2023년 10월 25일 초판 1쇄 발행

지은이 게르만
발행인 강준규

기획 이기헌 왕소현 임동관 박경무 강민구 조익현
책임편집 오영란
마케팅지원 이원선

발행처 (주)로크미디어
출판등록 2003년 3월 24일
주소 서울시 마포구 마포대로 45 일진빌딩 6층
Tel (02)3273-5135 **Fax** (02)3273-5134
홈페이지 rokmedia.com **E-mail** rokmedia@empas.com

ⓒ 게르만, 2023

값 9,000원

ISBN 979-11-408-1204-2 (6권)
ISBN 979-11-408-1132-8 04810 (세트)

CONTENTS

Chapter 1

저게 무슨 소리야?

왜 갑자기 저런 말을 해?

간부들의 표정이 그랬다.

그리고 그건 엄두호도 마찬가지였다.

엄두호가 모두를 대표해 물었다.

"굳이 그렇게 한 이유가 있나?"

"폭파 시킬 때 실제 폭약을 사용할 예정이시지 않습니까?"

"당연히 그래야지. 진짜로 다리가 무너지게 만들어야 하니까."

"제가 사단장님 생각에 미치지는 못하겠지만 공병으로서 말씀을 드리자면 모든 자재를 투입해서 장간을 구축해 놓는 것은 별로 좋은 판단이 아니라고 생각했습니다."

"공병으로서 말씀드린다라⋯⋯."

엄두호의 심각한 표정도 잠시, 이내 웃으며 대한에게 물었다.

"그래, 어디 한번 들어 볼까? 공병으로서 어떻게 판단했는지 말이야."

군대 짬밥만 약 30년 차이.

엄두호의 입장에선 그저 대한이 귀여웠다.

그리고 본인을 따라다니던 참모들과는 달리 주체적이고 확신에 찬 저 모습이 엄두호를 흡족케 했다.

'대령도 내 말에 토를 안 다는데 한낱 소위가 본인 생각을 말하려 하다니, 이런 건 진지하게 들어줘야지.'

엄두호의 긍정적인 반응에 대한은 속으로 가슴을 쓸어내렸다.

그가 만약 옛날 군인 같은 꼰대였다면 지랄하지 말라고 대번에 혼났을 테니.

대한은 장간조립교를 가리키며 설명을 시작했다.

"일단 제가 알기로 장간조립교 자재가 보급이 끊긴 지 오래된 것으로 알고 있습니다. 저희 공병단에도 새로운 자재가 들어오지 않는데 사단 공병대대는 그 보급이 더욱 늦어질 것으로 예상됩니다. 물론 행사가 중요하다곤 하지만 자재를 폭파로 인해 망가뜨리는 것은 좋은 판단이 아닙니다."

대한의 말이 끝나자 엄두호는 어이없다는 표정으로 대한을 쳐다봤다.

그도 그럴 게 대한이 한 말은 절대 초급 간부가 할 말이 아니었으니까.

'시키는 대로 하기 급급한 소위가 이런 생각을 한다고? 도대체 공병단에서 어떤 놈을 보낸 거야?'

부대 운영을 고려해 사단장에게 조언하다니, 생각도 생각이지만 그 용기가 참 대단했다.

엄두호가 대한을 빤히 쳐다보다 물었다.

"그래, 틀린 말은 아니구나. 근데 그게 전부인가? 설마 그거 하나 때문에 저렇게 앙상한 상태로 행사 진행을 해야 한다고 말하는 건 아니겠지?"

설마 대안이 있겠어?

엄두호를 비롯한 모든 간부들이 그렇게 생각했다.

그렇기에 기대가 되지 않았다.

자기들도 생각하지 못한 걸 초급 간부 따위가 떠올릴 순 없을 테니까.

하지만 대한은 도박을 하지 않는다.

당연히 대안이 있다.

대한은 씨익 웃으며 대답했다.

"예, 사단장님. 절대 아닙니다. 제겐 다른 방법이 있습니다."

"다른 방법?"

"예, 사단장님은 폭파 효과를 위해서 모든 자재를 들고 싶으신 것 맞지 않습니까?"

"효과도 효과고 멀리서 보기에도 완성되어 있는 모습이 좋겠지? 지금의 상태는 누가 봐도 미완성이잖나."

"예, 그렇습니다. 하지만 완성된 모습을 보여 주기 위해 실제 자재를 투입할 필요는 없습니다. 그리고 폭파 효과를 위해서는 더더욱 그렇게 하면 안 됩니다."

"왜지?"

"쇠를 폭파시킨다고 한들 행사에 적합한 효과를 낼 수 없기 때문입니다. 자고로 폭파는 먼지와 파편이 튀어야 하지 않겠습니까?"

"그렇지, 폭파하는 티가 확실히 나야지."

"공병단에 요청해서 사단장님 마음에 들 수 있도록 준비하겠습니다."

"허허, 김 소위가 해 본다고? 도움은 필요 없나?"

"사단장님이 도와주신다면 언제든지 환영이지만……."

지금은 그냥 빨리 이 자리에서 사라져 줬으면 했다.

아무리 대한이라도 사단장은 부담이었으니까. 게다가.

'도움이 필요할 것 같았으면 진작에 말했겠지.'

대한은 엄두호를 향해 당당하게 말했다.

"장간을 준비하는데 있어서는 혼자서도 충분합니다. 다음에 도움이 필요하게 된다면 따로 말씀드리겠습니다."

"소위라 그런가 패기가 넘치는구만. 그래, 시간은 얼마나 걸릴 것 같나?"

"3일이면 충분합니다."

대한의 빠른 대답에 엄두호는 조금 놀랐다.

솔직히 대답에 조금이라도 망설이는 낌새를 보이면 대한이 하고 싶은 대로 하게 내버려 둘 생각이 없었으니까.

하지만 대한은 숨도 쉬지 않고 3일을 외쳤다.

'설마 이 모든 걸 미리 생각하고 있었다고?'

객기처럼 보이진 않았다.

아무리 생각없는 놈이라도 사단장한테 공수표를 던지는 미친놈은 없을 테니까.

엄두호는 지긋이 대한을 쳐다봤다. 그러나 대한은 전혀 쫄지 않고 여전히 굳건한 눈빛으로 자신의 눈을 피하지 않았다.

이런 놈은 수십 년 군 생활에 있어 처음 보는 놈이었다.

그래서 묘하게 궁금해졌다.

"기대해 보지."

"반드시 기대에 부응해 보이겠습니다."

됐다.

엄두호의 허가에 대한은 안도의 한숨을 속으로 내쉬었다.

모두가 보는 앞에서 사단장의 명령이 떨어졌으니 팔부능선을 넘었다는 말이었으니까.

이윽고 엄두호가 떠나려던 찰나, 대한에게 물었다.

"김 소위, 지금 부대장이 누구지?"

"이원영 대령이라고 육사 41기입니다."

"육사 41기? 우리 후배였구만? 어쩐지 소대장이 심상치 않더라니…… 김 소위는 출신이 어딘가?"

"전 학군 출신입니다, 사단장님."

"그래?"

그의 얼굴에 아쉬운 기색이 비친다.

그러나 대한은 신경 쓰지 않았다.

엄두호가 대한의 어깨를 툭툭 치며 격려해 주었다.

"3일 뒤에 보지. 기대하겠네."

"예, 알겠습니다!"

이윽고 모두가 떠났고 대한도 그제야 한숨 돌릴 수 있었다.

그런데 한 명.

엄두호를 따라가지 않은 인물 하나가 대한에게 다가와 반가움을 표했다.

천용득이었다.

그에 대한도 먼저 인사했다.

"천 중령님 아니십니까?"

"난 또 어떤 놈이 사단장님한테 따박따박 말대꾸 하고 있나 했더니…… 오랜만이다?"

작전참모랑 이야기한다고 좀 늦게 합류했는데 처음엔 자기 눈을 의심했다.

웬 소위가 사단장 말에 따박따박 말대꾸하고 있었으니까.

근데 웬걸, 대한이었다.

'그날 이후로 계속 생각나던 놈인데 오늘 또 이렇게 뛰어난 모습을 보여 주다니.'

너무 탐났다.

지금이라도 당장 납치해서 헌병 후배로 만들고 싶을 만큼.

그도 그럴 게 좀 전에 보여 준 저런 패기야말로 헌병에 가장 필요한 능력이었으니까.

게다가 지금도 그랬다.

아무리 자기 대대장님 후배로 안면을 텄어도 본인은 헌병 대대장이었다.

근데도 이렇게 편한 모습이라니.

'간이 큰 거냐, 눈에 뵈는 게 없는 거냐.'

물론 뭐가 됐든 좋은 뜻에서 한 말.

대한이 웃으며 말했다.

"예, 저도 오랜만입니다. 그리고 말대꾸는 아니었습니다. 그저 제 생각을 조심스럽게 말씀드린 것뿐이었습니다."

"으휴, 내가 그걸 모르나. 상대가 사단장이니까 하는 말이자. 어째 안 본 새 더 능구렁이가 된 것 같다? 이게 다 선배 밑에 있어서 그래. 뭐가 없어 아주. 넌 사단장이 무섭지도 않냐?"

"하하, 제가 무서워하기엔 너무 먼 분이라 오히려 괜찮았던 것 같습니다."

"내가 널 오래 보진 않았지만 가깝든 멀든 신경 쓰는 놈 같아 보이진 않는데?"

"하하, 아닙니다. 항상 조심하면서 살고 있습니다."

"그래, 군대에서는 언제나 겸손하게 발톱 감추면서 지내야지. 그나저나 부대서 너 혼자 온 거냐?"

"간부로는 그렇습니다."

"선배님이 너무했네. 그래도 그렇지 어떻게 소위를 보낼 수 있나?"

"부대 사정상 어쩔 수 없으셨던 것 같습니다."

"아니야, 내가 선배를 모를까 봐. 좀 있다가 전화나 드려야겠다."

"아닙니다, 전 괜찮습니다."

"내가 마음에 안 들어서 그래."

천용득은 대한을 마치 자기 밑에 있는 병력처럼 대해 주었고 대한도 그런 천용득이 싫지 않았다.

천용득이 이어서 물었다.

"근데 너 사단장님한테 한 말 진짜 지킬 수 있냐? 나도 장간을 잘 아는 건 아니지만 화려하게 폭파시키는 게 쉬운 일은 아니잖아. 게다가 3일이라니?"

"그건 그런데……."

대한은 천용득의 궁금증을 풀어 줄까 고민하다 이내 입을 다물었다.

'설명한다고 뭘 알겠냐, 여기저기 보고하기 시작하면 나만 피

곤하지.'

발 없는 말이 천 리 간다고 했다.

대한이 웃으며 말했다.

"저도 그냥 던진 말은 아닙니다. 잘 준비해 보겠습니다."

"그래, 뭐. 네가 알아서 잘하겠지."

천용득은 대한의 말에 더욱 더 신뢰가 생겼다.

구구절절 설명하는 것보다 저렇게 확신 가득한 한마디가 오히려 더 설득되었으니까.

"그래도 조심해. 사단장님은 아마 네가 조금 부족해도 만족하실 거야. 그만큼 초급 간부를 좋아하시는 분이시니까. 하지만 다른 사람들은 다르다."

대한은 천용득이 무슨 말을 하려는지 바로 파악했다.

"참모님들 말씀하시는 거 아닙니까?"

"그래, 그분들 대부분이 옛날 사람이고 초급 간부랑은 겸상도 안 하시는 분들이거든."

이건 꽤 무서운 경고였다.

사단장은 얼마 뒤면 사라질 사람이지만 참모들은 달랐다.

대한이 대위를 달고 1차 중대장을 끝냈을 때도 군에 남아 있을 수도 있었으니까.

게다가 군대는 생각보다 좁았다.

부대를 자주 옮기는 장교 특성상 오늘 봤던 참모들을 상관으로 만날 수도 있는 일.

만약 그런 일이 발생한다면 사단장을 봐서 그냥 넘어갔던 지금과는 전혀 다른 일이 벌어지겠지.

대한은 천용득의 말에 웃으며 답했다.

"헌병 대대장님도 옛날 군인이시지 않습니까?"

"자식아, 나는 그래도 젊은 편이지!"

"하하, 걱정해 주셔서 감사합니다. 그만큼 더 철저하게 준비하겠습니다."

"어휴…… 그래, 알겠다. 도움 필요하면 꼭 말하고. 그나저나 너 진짜 헌병은 관심 없냐?"

"죄송합니다. 전 공병이 더 좋습니다."

"그래, 알겠다."

아쉬운 기색을 보이기도 잠시, 천용득은 대한의 어깨를 토닥여 준 뒤 멀어진 사단장 무리를 향해 빠르게 이동했다.

그리고 이동하는 중에 휴대폰을 꺼내 박희재에게 전화를 걸었다.

"선배님, 뭐 하십니까?"

─뭐 하긴, 놀고 있지. 그나저나 왜?

"좀 전에 대한이 만났습니다."

─대한이? 아, 그래. 만났을 수도 있겠네. 근데 걔가 왜? 뭐 사고 쳤어?

"사고라면 사고인 것 같습니다. 왜냐면 그놈, 좀 전에 저희 사단장님께 브리핑하고 직접 지침도 받았습니다."

─……그게 뭔 개소리야?

박희재의 미간이 좁혀졌다.

이건 또 뭔 소리야?

파견 보내 났더니 뜬금없이 사단장한테 지침을 받다니?

천용득이 설명을 덧붙였다.

"저희 공병대대가 아직 대민 지원 중이라 장간 설치를 대한
이 혼자 했나 봅니다. 그래서 실무자로 대신 보고를 한 것 같
은데……."

─아니, 공병대대가 있든지 말든지 그건 모르겠고 거기 책임
지휘관이 따로 보고 해야지 왜 우리 애를 시켜?

박희재의 표정이 일그러졌다.

대한은 거기서 파견인원일 뿐이다.

다시 말해 아주 큰 사고만 치지 않으면 따로 책임질 게 없다
는 말.

근데 이렇게 되면 말이 좀 달라졌다.

'그럴 일은 없겠지만 대한이가 만약 실수라도 하면 욕은 우
리 부대가 먹는다.'

사단장 옆에 서서 본인들에게 불똥 튀지 않기만을 바라는 참
모들.

놈들은 아주 위험한 하이에나였다.

대한의 실수를 포착하는 순간 너도 나도 달려들.

천용득이 흥분한 박희재를 진정시키며 말했다.

"상황이 그리 됐습니다. 여기 대대장이 이미 탈탈 털렸는데 사단장님이 대대장 보고 받고 싶겠습니까. 그리고 저희 사단장님은 안 그래도 초급 간부들을 좋아하시는데 그 대상이 대한이었다 보니 얼마나 좋아하셨겠습니까? 그래서 저도 차마 말릴 수가 없었습니다."

—으음, 그건 그렇지.

사단장이 대한을 마음에 들어 했다는 말에 박희재는 순식간에 마음이 풀렸다.

내 새끼가 밖에서 이쁨받는다는데 싫어할 부모가 어디 있을까.

천용득이 이어서 말했다.

"무튼 일이 이렇게 된 거 부대에서 지원을 좀 더 해 주셔야 할 것 같습니다."

이게 본론이었다.

대한을 아끼는 건 천용득 또한 마찬가지였으니까.

하지만 천용득의 설명을 들은 박희재는 좀 다르게 생각했다.

—됐어. 이야기 들어 보니 안 해 줘도 될 것 같다.

"예? 그게 무슨 말씀이십니까?"

—대한이가 걱정하지 말라고 안 하던?

"그랬습니다."

—그럼 걱정 안 해도 돼. 네가 그놈을 잘 몰라서 하는 말인가 본데 도움이 필요했으면 그놈이 먼저 나한테 연락했을 거다. 근

데도 잠잠한 걸 보면 딱히 안 도와줘도 돼.

"예?"

―보면 알아.

박희재의 입가에는 미소가 그려졌고 그 말을 들은 천용득은 황당함을 감출 수 없었다.

✱

천용득이 사단장 무리를 쫓아가고 난 뒤 박태현은 긴장이 풀려 그 자리에 쪼그려 앉았다.

"와, 씨바⋯⋯."

그를 시작으로 전찬영과 황재우는 물론 대한의 뒤에 정렬해 있던 병력들도 하나같이 한숨을 내뱉었다.

당연했다.

행사장에 별이 떨어졌는데 숨쉬기조차 힘들었을 테니.

대한이 병력들에게 웃으며 말했다.

"다들 고생했다. 오늘은 더 할 거 없으니까. 각자 푹 쉬고 내일 보자. 중대장님?"

대한의 말에 구석에 숨어 있던 강예성이 어색하게 웃으며 나왔다.

"하하⋯⋯ 대한아 고생했다."

그 어색한 투에 대한이 속으로 혀를 차며 말했다.

"중대장님도 숨어 계시느라 고생하셨습니다."

"내가 뭘…… 그나저나 오늘 뭐 더 준비 안 해도 되겠어? 필요한 거 있으면 말만 해. 뭐든 준비해 줄게."

그래도 양심은 있었다.

미안한 마음이 들었는지 대한에게 큰소리를 치기 시작했으니까.

그래서 바로 요구했다.

"그럼 각목이랑 합판 좀 준비해 주십쇼."

"각목이랑 합판?"

강예성의 당당했던 표정에 이내 당황스러움이 묻어 나오기 시작했다.

"그게 어디 필요한데……?"

"어디 필요한지 아시면 알아서 하실 겁니까?"

대한이 강예성에게 설명해 줄 이유는 없었다.

계급만 놓고 본다면 어이없는 상황이었지만…….

'계급이 문제냐 지금. 사단장이 기대하고 있는데.'

사단장의 실망하기 스킬과 중대장의 실망하기 스킬의 위력 차이를 생각해야 했다.

강예성도 약간의 개념은 탑재하고 있었는지 대한의 말에 아무 대꾸도 하지 못했다.

그가 생각하기에도 본인이 질문할 상황은 아니었으니까.

하지만 그렇다고 해서 질문을 안 할 수는 없었다. 강예성이 대한의 눈치를 보며 물었다.

"아니, 그건 아닌데…… 그런 건 어디서 구하는데?"

"전 모릅니다."

"뭐?"

"제가 근무하는 부대가 아니라 아는 게 없습니다. 그리고 아까 전에 말씀하셨지 않습니까, 뭐든 구해다 주시겠다고. 그래서 말씀드렸습니다."

"그, 그치. 그렇긴 하지……."

대한의 말에 강예성이 꼬리를 만다.

아무리 전역자원이라지만 이런 놈이 대위라니.

대한이 고개를 내저으며 말했다.

"혹시 중대 운영비 좀 남아 있습니까?"

"중대 운영비? 응, 조금 남아 있어."

"……왜 조금밖에 없습니까?"

중대 운영비가 왜 없어?

항상 남아서 나중에 쓰기 바쁜 게 중대 운영비인데?

물론 예외는 있었다.

'행사가 많은 부대면 자주 쓰기 때문에 없을 순 있는데…….'

애초에 손댈 일이 잘 없는 게 운영비였다.

그도 그럴 게 보통 중대 운영비는 행정보급관이 관리했으니까.

그래서 항상 돈이 남는 것이다.

꼭 필요한 것도 사지 않고 조달하는 미친 능력을 보여 주는 양반들인데 카드에 돈이 있다고 쓸까?

보급관에게 중대 운영비는 큰 결심을 할 때만 쓰는 돈이었다.

대한의 물음에 강예성이 웃으며 당당하게 대답했다.

"여기 출발하기 전에 중대 회식하면서 다 써 버렸어."

"예?"

와…….

중대 운영비를 회식에…….

미친 건가?

무슨 소대장이야?

그걸 왜 회식에 써?

대한은 미간을 어루만졌다.

쉽게 갈 수 있는 방법이 사라졌으니 머리가 아플 수밖에.

'그래, 머리가 나쁘면 몸이 고생해야지.'

대한은 낙동강의 맑은 공기를 들이마시며 잠시 생각하더니 바로 오더를 내렸다.

"예, 뭐. 쓰실 수도 있죠. 그럼 어쩔 수 없습니다. 대대장님한 테 보고드리십쇼. 대대 운영비를 쓰시던지 이번 행사 임무를 받으면서 챙긴 예산을 쓰던지 해야 할 것 같습니다."

"그, 그래. 그러면 되겠네."

정답을 얻은 강예성이 헤실거린다.

그걸 보니 참 답답했다.

'등신 같은 놈. 대대장한테 가서 돈 달라고 하는 건데 저렇게 좋아하다니.'

이 이상은 신경을 끄기로 했다.

설마 각목이랑 합판 하나 못 구해오겠어?

대한이 뒤이어 물었다.

"그보다 중대장님, 저희 숙소 어딘지 아십니까?"

"응, 숙소? 우리랑 같이 가는 거 아니었어?"

하.

뭔 중대장이라는 새끼가 아는 게 없어?

대한은 강예성에게 무언가를 질문하는 건 시간 낭비라고 생각했다.

"아닙니다. 따로 숙소 잡아 주시기로 했습니다. 그냥 제가 다른 사람한테 물어보겠습니다. 아, 그리고 내일 자재 준비되는 대로 저한테 연락 좀 부탁드리겠습니다. 그때 오겠습니다."

"아, 응. 알겠어. 고생했다."

대한은 부디 내일도 저런 표정이 유지될 수 있었으면 했다.

아마 대대 운영비 요청하는 순간 개 같이 털릴 테니.

'그래. 좀 멍청해서 그렇지, 사람 자체는 착해 보여.'

아랫사람이 오더를 내리는데 토 달지 않은 것만 해도 어디인가?

군대에선 뭐니 뭐니 해도 말 잘 듣는 게 최고였다.

능력이 있다면 더 좋겠지만 능력이 좋은 놈들은 대체로 말을 잘 안 들었다.

자기 잘난 걸 알기 때문이다.

이는 대한만 봐도 알 수 있었다.

'나도 나 같은 놈 만나면 참 피곤할 거야.'

물론 가만히 지켜보면 알아서 해준다는 장점이 있지만 집단 전체가 꼰대라 봐도 과언이 아닌 곳에서 그러기란 쉽지가 않은 게 현실.

대한은 강예성에게 경례한 뒤 박태현에게 다가갔다.

"태현아, 유 하사님 어디 있나?"

"유 하사님 좀 전에 사단장님 무리에 섞여 있으셨습니다."

역시.

박태현에게 물어보면 바로 답이 나올 줄 알았다.

근데 이 자식 말 모양새가 왜 이래?

"너 근데 압존법이 뭔가 잘못된 것 같지 않냐?"

"전혀 아닙니다. 유 하사님은 유 하사님입니다."

"미친놈, 사랑에 눈이 멀었냐?"

"제가 한 로맨티스트합니다. 근데 유 하사님은 왜 물어보신 겁니까? 혹시 또 봐야 합니까?"

"어, 숙소 물어본다는 걸 깜빡했네. 그리고 주차장으로 돌아가는 것도 유 하사 차 타고 가야지."

"지금 찾으러 갑니까?"

"사단장님 무리에 있었다며? 사단장님이 가셔야지 무리에서 나올 수 있을 텐데?"

"잠시만 기다려 주십쇼. 제가 바로 모셔 오겠습니다."

"뭐? 야! 야!"

그러나 박태현은 이미 날아가 버렸다.

뭔 병장이 저렇게 빨라?

대한은 멀어지는 박태현을 보며 어이없다는 듯 고개를 내젓고는 전찬영과 황재우를 불렀다.

"거기 서서 뭐 하냐? 이리 와서 앉아."

전찬영이 대한의 앞에 앉으며 말했다.

"소대장님, 대단하십니다."

"뭐가?"

"사단장님 안 무서우셨습니까? 전 긴장 돼서 죽는 줄 알았습니다."

말뿐인 게 아니라 정말 긴장했었는지 연신 어깨와 목을 돌리며 근육을 풀고 있었다.

대한이 그 모습에 픽 웃으며 말했다.

"무서운 건 네가 만지는 식칼이 더 무섭겠다. 그나저나 오늘 뭐 해 먹을 거냐? 생각해 봤어?"

장간이나 폭파를 할 줄 모르는 전찬영을 데리고 온 이유.

바로 숙소에 갔을 때 맛있는 음식을 즐기기 위해서였다.

'이런 좋은 기회를 놓칠 순 없지.'

일도 하고 캠핑 분위기도 내고 이거야 말로 일석이조.

원래 라면도 근무시간에 먹는 게 더 맛있는 법.

물론 대한도 요리를 할 줄 알긴 했지만 그래도 어디 전문가가 하는 거랑 비교가 될까?

대한의 말에 전찬양이 수첩을 꺼내며 말했다.

"예산 생각하지 말고 준비하라고 하셨는데 정말 예산 생각 안 해도 되겠습니까?"

"응, 내 카드에 한계는 없어."

"그럼 일단 첫날은 바비큐와 조개구이를 생각해 봤습니다."

"이야, 둘 다 너무 좋은데?"

"두 가지를 다 먹고 나면 느끼할 수도 있으니 얼큰한 해물라면도 준비해 드리겠습니다."

"역시 요리하는 애라 그런지 센스가 딱 탑재되어 있구만. 좋다, 그걸로 결정!"

"하하, 감사합니다. 아, 그리고 내일 저녁은 메뉴 신청을 받으려고 하는데…….'

그때 황재우가 손을 번쩍 들며 말했다.

"호, 혹시 햄버거 가능합니까?"

그 말에 대한과 전찬영이 어이가 없다는 듯한 표정으로 황재우를 쳐다봤다.

대한이 말했다.

"넌 맨날 햄버거 생각뿐이냐? 나중에 복귀할 때 사 줄 테니까 다른 거 좀 생각해 봐. 여기서 만들어 먹을 수 있는 걸로."

"어…… 그럼 수제버거?"

"에라이."

유소연을 기다리는 동안 세 사람이 즐겁게 떠든다.

✖

한편 천용득과의 전화를 마친 박희재는 바로 정작과로 향해 문을 열었다.

노크도 없이 문이 거칠게 열리자 편히 쉬고 있던 여진수는 본능적으로 일어나 경례를 올렸다.

"충성! 근무 중 이상 무!"

"빨리 지통실로 애들 모아."

"예? 갑자기 그게 무슨……."

"대한이가 사단장한테 직접 지침 받아서 움직이고 있단다."

"바, 바로 모으겠습니다!"

여진수는 작전 장교와 정보 장교에게 눈빛을 보냈고 곧 4명의 중대장들이 지휘 통제실에 위치하기까지 2분도 채 걸리지 않았다.

박희재가 중대장들에게 빠르게 상황을 전달했다.

"파견 인원이 직접 브리핑하고 지침 받아서 움직이고 있다는 건 내 군 생활 동안 처음이다. 마음 같아선 바로 복귀시키고 싶지만 지침 준 사람이 사단장이라 그러지는 못하고…… 여기서 문제는 만약 대한이가 사단장 마음에 안 든다면 우리가 직접 출동을 해야 한다는 거다."

천용득에겐 걱정하지 말라고 했지만 어찌 걱정하지 않을 수가 있을까?

후배 앞이라 그냥 가오 한번 세워 본 거지.

박희재는 그리 허술한 사람이 아니었다.

박희재의 말이 끝나기 무섭게 정우진이 대답했다.

"대대장님, 대한이가 뭐 필요하다고 한 게 있습니까? 있으면 제가 직접 전달하고 오겠습니다."

"아니, 그놈이 필요하면 진작에 말했겠지. 이미 출발하기 전에 필요한 거 세 가지나 말하고 갔다며?"

그 말에 뜨끔해진 여진수가 이영훈을 보며 말했다.

"예, 맞습니다. 제대로 준비시켜서 파견 보냈습니다."

"역시 정작과장이군. 그럼 이제 이 문제를 어떻게 해결해야 하냐는 건데……."

박희재의 말에 여진수와 이영훈은 빠르게 머리를 굴리기 시작했다.

사실 제대로 된 준비를 해서 보낸 게 아니었으니까.

그때 여진수에게 좋은 생각 하나가 떠올랐다.

"대대장님, 제가 생각을 좀 해 봤는데 이 문제는 단장님한테 말씀드리면 될 것 같습니다."

"단장님한테?"

"예, 50사단장님이 육사 출신입니다."

"오, 그런 방법이!"

여진수의 말에 박희재의 좁혀진 미간이 활짝 폈다.

어쩌면 일이 쉽게 풀릴 수도 있겠다는 생각이 들었다.

그래서 바로 단에 올라가 단장실 문을 벌컥 열어젖혔다.

"좀 도와줘라!"

"……갑자기 뭔 개소리야? 뭘 도와?"

"너 50사단장 알지?"

"50사단장? 엄두호 장군님?"

"오, 알고 있네?"

이원영의 아는 체에 박희재의 얼굴이 더더욱 환해졌다.

이원영이 자리에 바로 앉으며 물었다.

"뭔데, 무슨 일인데? 무슨 일인데 갑자기 그 형님을 찾아?"

"그게……."

박희재는 천용득에게 들은 내용을 그대로 전달했고 박희재의 말이 끝날 때쯤 이원영의 표정 또한 희한하게 구겨졌다.

"그게 무슨 소리야? 파견 간 놈이 왜 사단장한테 직접 지침을 받아?"

"그러니까 네가 그 형님한테 연락해서 부탁 좀 드리라고. 괜히 꼬장 부려서 우리 전부 부대 불려가게 하지 말고."

"하……."

그 말에 이원영이 미간을 어루만진다.

지금 같은 상황이면 당연히 자신이 나서야 하는 게 맞다.

대한을 보낸 것도 본인이었고 대한에게 지침을 내린 것도 육사 출신 선배였으니까.

하지만.

"그분은 좀 곤란해…….."

이원영이 기어 들어가는 목소리로 말한다.

그 말에 박희재가 다시 미간을 좁혔다.

"뭐가 좀 그래? 육사끼리 더한 것도 많이 하면서 이 정도는 별거 아니잖아?"

"당연히 별거 아니지. 아닌데…… 이건 사람이 문제다."

"사람?"

"그래. 그 양반은 육사 출신 중에서도 특이한 양반이란 말이 야. 오히려 내가 연락하면 역효과만 날 걸?"

"무슨 역효과? 설마 뭐 공과 사를 구분한다느니 뭐 그런 거 야?"

"비슷하다고 볼 수 있지."

"확실해? 네가 직접 경험해 본 거야?"

"아니, 직접 본 건 아니고 나도 들은 거긴 한데…… 아무튼 그 양반이랑은 별로 안 친해서 확신할 수가 없어."

"그럼 이제부터 친해져. 그 형님한테 안부 전하고 그러면 되 잖아. 대한이 일인데 사릴 거야? 심지어 네가 보낸 파견인데?"

맞는 말이긴 했다.

엄두호에 대한 이야기는 어깨너머로만 들었을 뿐.

게다가 자기가 보낸 파견이지 않은가?

이럴 때 책임을 지는 게 상관이고 지휘관의 미덕이다.

'그래, 소문은 소문일 뿐이지. 이참에 안면도 좀 트자.'

이원영이 온나라에 접속해 엄두호를 검색하며 박희재에게 말했다.

"알겠다. 바로 연락드려 볼게."

"자식, 당연히 그래야지. 두호 형님한테 안부 전하고 대한이 괴롭히지 말라고 확실하게 말해라."

"걱정하지 말고 얼른 내 방에서 꺼져. 연락하고 이따 전화할 테니까."

"예, 육사끼리 이야기하는데 비육사는 빠져드려야죠."

박희재는 이원영에게 손을 흔들며 단장실을 빠져나갔다.

이원영은 휴대폰에 엄두호의 번호를 찍은 뒤 한숨을 쉬었다.

'정말 괜찮겠지?'

설마 별일이야 있을까 싶어 통화버튼을 눌렀다.

이윽고 휴대폰 너머로 엄두호의 목소리가 들려왔다.

─예, 전화 받았습니다.

"충성! 사단장님 안녕하십니까! 육사 41기 이원영 대령이라고 합니다."

―…….

이원영은 대령답지 않은 패기 넘치는 목소리로 인사했다.

하지만 엄두호의 대답은 돌아오지 않았다.

뭐지?

잘못 걸었나?

번호를 다시 확인하려던 찰나 엄두호의 대답이 돌아왔다.

―용건이 뭡니까?

육사 후배라고 소개했는데도 말을 편하게 하지 않는다?

아.

큰일났다.

소문이 사실이었구나.

공과 사 구분이 철저하다더니.

이원영은 바로 전화를 끊고 싶었다.

아무리 봐도 상황이 꼬인 것 같았으니까.

하지만 아직 기회가 남았다.

아직 전화를 건 목적에 대해서 이야기 하지 않았으니.

그러나 대한에 대한 이야기 말곤 할 이야기가 없었다.

안면도 없는데 갑자기 전화한 것 자체가 좀 이상하긴 했으니까.

이원영은 짧은 시간 수많은 고뇌를 거친 뒤 그제야 대답을 내놓았다.

이원영의 선택은 정면 돌파였다.

"혹시 김대한 소위, 기억하고 계십니까?"

─김대한 소위? 파견 나온 소위를 말하는 겁니까?

"예, 맞습니다. 저희 부대 인원인데 선배님께 지침을 받았다고 해서 연락드렸습니다."

─이 대령.

"예, 선배님."

─언제 봤다고 선배선배 거리나?

아.

조졌네.

장고 끝에 악수 둔다고 애초에 전화를 안 하는 게 맞았다.

이원영은 바람을 잔뜩 넣고 간 박희재를 원망했다.

"……죄송합니다. 사단장님."

─그래, 김대한 소위 잘 봐달라고 연락한 건가?

"그, 그게 잘 봐달라는 건 아니고……."

─야.

"예, 예?"

─육사 나온 새끼가 어디 할 짓이 없어서 청탁을 하고 있어? 대령이란 계급이 부끄럽지도 않아? 어?

바로 극대노를 갈겨 버리는 엄두호.

이원영은 속으로 한숨을 내쉬었다.

이 상황을 타개하려면 방법은 하나뿐.

"……죄송합니다."

—하여튼 우리 군에서 대령이 제일 문제야. 장군 가고 싶으면 열심히 일할 생각을 해야지 어디 알량한 계급을 믿고 여기저기 인맥만 쌓고 있어? 그리고 참모도 아닌 지휘관 새끼가 감히 사단장한테 직접 전화해서 이딴 소리를 해? 너희 부대가 어떻게 돌아가는지 안 봐도 알겠다. 김대한이? 내가 제대로 확인할 테니까 기대해.

　하…….

　불난 집에 기름을 붓고 말았다.

　그럼에도 이원영이 할 말은 하나뿐이었다.

　"……제대로 군 생활 하겠습니다. 죄송합니다."

　—쯧쯧, 자네도 진급은 힘들겠네. 끊어!

　"고생하십쇼! 충……."

　엄두호는 이원영의 말을 끝까지 듣지도 않고 전화를 끊어 버렸다.

　이원영은 전화가 끊어진 것을 확인한 뒤 한숨을 내쉬며 담배를 꺼냈다.

　그리고 담배 한 대를 다 태운 후에야 박희재에게 전화했다.

　"어디냐."

　—피엑스.

　"시원한 거 하나 사 들고 다시 올라와라."

　—벌써 전화했나?

　"그래."

─역시, 우리 단장님 추진력 좋아. 거봐라. 전화하니까 금방 해결되잖아.

"누가 해결됐다고 했냐?"

─응? 전화했다며?

"올라와 통화한 거 들려줄 테니."

심상찮음을 느낀 박희재가 바로 단장실로 왔다.

이원영은 조용히 녹음된 통화 내용을 들려주었고 녹음 파일이 모두 재생되었을 때 박희재가 나직이 읊조렸다.

"……조졌네."

"난 최선을 다했다."

"그래, 그러네. 근데 이 양반도 참……."

"말했잖아. 같은 육사 출신인데 좀 다르다고."

"그래서, 이제 어쩌자고?"

"뭘 어째, 내가 나서도 해결 못 했는데 이제 남은 건 기도뿐이지."

"기도? 대한이한테 귀띔은 해 줘야 하지 않겠어?"

"우리가 설치는 바람에 사단장이 널 벼르고 있다고? 미쳤나? 밖에서 고생하는 애한테 군장 하나 더 던져 주는 꼴 아냐?"

"그래도 말을 해 줘야 대비라도 하지."

"하……."

쪽팔렸다.

윗사람이 돼서 사고나 치고.

이원영은 부끄러워하던 와중 문득 조금 전 상황이 떠올랐다.

"그래서 내가 전화하지 말자고 했잖아."

"그럼 하지 말지 그랬냐."

"네가 하라며!"

"언제부터 내 말을 그렇게 잘 들었다고…… 에휴."

"됐고, 우리 대한이는 이런 난관도 잘 헤쳐 나갈 거야."

"진심이냐?"

"대한이 못 믿냐?"

"아니, 믿지. 믿는데…… 미친놈아, 이건 믿는 거랑 다르잖아!"

"난 대한이를 전적으로 믿는다. 이런 난관 따위는 가볍게 극복할 거야, 암 그렇지. 그렇고말고."

이제 믿을 건 기도뿐.

단장실에 담배 연기만 자욱해진다.

✳

대한은 전찬영과 저녁 메뉴에 대해 한창 토의 중이었다.

그러기를 한참, 마침내 박태현이 나타났다.

"걸어오지 뭐 하러 뛰어오냐?"

"유 하사님이 어깨 토닥여주셨습니다!"

"그 압존법 좀 어떻게…… 하, 뭐 네 마음대로 해라. 그래서

로또부터
장군까지

유 하사님이 뭐라고 하시든?"

"정리만 하시고 바로 오신다고 아까 내려 줬던 곳에서 기다려 달라고 하셨습니다."

"숙소는 알고 계신대?"

"수, 숙소 말입니까?"

박태현이 우물쭈물하자 대한이 한숨을 내쉬며 말했다.

"너 이 새끼, 도대체 뭘 물어보고 온 거냐? 똑바로 말해. 유하사님 보고 뭐라고 했어."

"……언제 오시냐고만 여쭤봤습니다."

"이런."

그래.

지금 박태현한테 숙소가 뭐 중요하겠나.

당장 유소연 하사랑 같이 있을 수 있는 시간이 중요하겠지.

대한은 자리에서 일어나 전투복을 털고는 병력들을 데리고 이동했다.

잠시 후, 유소연이 내려 주었던 곳에 도착했고 그쯤 유소연의 차량이 대한의 일행 앞에 멈추어 섰다.

"많이 기다리셨습니까?"

"아닙니다. 막 도착했습니다."

"안 늦어서 다행입니다. 타시죠."

대한은 유소연의 차에 올라타자마자 물었다.

"저희 숙소는 어딥니까?"

"어? 부대에서 전달받으셨지 않습니까?"

무슨 소리지?

분명 아무런 말도 듣지 못했는데.

대한은 곰곰이 생각을 해 봤지만 떠오르는 게 없었다.

"예, 전달받은 게 없습니다."

"아, 그러시구나. 김 소위님 차량 주차해 둔 주차장에 컨테이너 하나 있는 거 기억나십니까?"

"어, 뭐 있었던 것 같긴 한데…… 설마 거기입니까?"

"예, 모르셨습니까?"

"전혀 몰랐습니다."

"이상하네. 김 소위님 부대에서 통제받지 않는 숙소 준비해 달라고 하지 않으셨습니까?"

"맞습니다."

"저희가 아무리 생각해 봐도 마땅히 마련해 드릴 곳이 없어서 컨테이너도 괜찮냐고 여쭤봤습니다. 그러니까 텐트도 괜찮다며 컨테이너면 충분하다고 말씀하셨는데…… 전 소위님이 알고 계시는 줄 알았습니다."

대한의 영문 모를 표정에 유소연은 미안한 표정을 짓기 시작했다.

이 양반이 미쳤나…….

감히 우리 숙소로 컨테이너를 잡아?

대한은 억지로 웃어 보이며 여진수의 얼굴을 떠올렸다.

그때였다.
여진수에게 전화가 온 건.

✳

한편.
여진수가 대한에게 전화를 걸기 얼마 전.
여진수는 부대에서 긴급회의를 하는 중이었다.
"정작과장."
"예, 대대장님."
"상황이 제대로 꼬였다."
"……예, 그런 것 같습니다."
이원영과 사고를 친 박희재는 다시 한번 지통실에 중대장들을 불러 모았다.
긴급 상황이었다.
대한이 인정받지 못 하면 부대 전체가 나서서라도 땜빵을 해야만 사단장의 화를 면할 수 있을 테니까.
그렇기에 지금 할 수 있는 최선의 판단은 미리 준비를 하는 것뿐.
"대한이한테 연락해서 어떤 지침을 받았는지 확인하고 파악이 되는 대로 부대에 자재를 모아서 출동 준비를 해 놓는 것으로 하자. 1, 2중대장."

"1중대장!"

"2중대장!"

"중대 애들 장간 구축 연습이라도 시켜 놔라. 출동하면 여유롭게 하긴 틀린 것 같으니까."

"예, 알겠습니다!"

이어서 박희재가 여진수에게 말했다.

"넌 애 안 놀라게 말 좀 잘 전달해 줘 봐. 난 도저히 못 하겠으니."

"예, 대대장님."

여진수는 대한에게 즉시 전화를 걸었다.

확실히 이런 연락은 대대장이나 단장보다는 자신이 전하는 게 나았으니까.

이윽고 수화기 너머로 대한의 목소리가 들렸다.

─······충성.

"어, 그래, 파견 첫날인데 어때? 할 만하냐?"

시작은 가볍게 근황 토크로.

그래야 아이스 브레이킹도 되고 덜 놀랄 테니까.

하지만.

─······그건 과장님이 더 잘 알고 계시지 않습니까?

"······응?"

착 가라앉은 목소리.

뭐지?

얘 왜 이래?

정답은 금방 알 수 있었다.

─과장님, 컨테이너는 정말 너무하신 거 아닙니까?

아.

맞다.

컨테이너 건이 있었지.

확실히 컨테이너는 여진수와 이영훈이 대한을 골통먹이기 위해 일부러 몰래 받은 게 맞았다.

근데 하필이면 지금 그걸 알게 되다니……

타이밍이 안 좋았다.

여진수는 순간 계급으로 찍어 누를까 생각도 해 보았지만 옆에서 자신을 지켜보는 박희재를 보고 마음을 싹 접었다.

그 순간, 대한이 울분을 쏟아 내기 시작했다.

─진짜 너무 하신 거 아닙니까? 제가 분명 통제받지 않는 숙소라고 했지 언제 컨테이너도 괜찮다고 말씀드렸습니까.

"아하하…… 왜, 거기도 통제 안 받고 좋지 않나?"

─뭐가 좋습니까! 컨테이너에서 화장실이 얼마나 먼 줄 아십니까? 여기서 화장실 가려면 차 타고 가야 합니다! 제가 이럴까 봐 숙소라고 딱 말씀드린 건데! 그리고 이런 건 출발하기 전에 알려 주실 수도 있었지 않습니까? 예?

폭포수처럼 터지는 대한의 울분.

그 말에 여진수는 주변을 살피고는 어색한 표정을 짓기 시작했다.

"어어, 그래. 아직 현장이구나 주변이 많이 시끄럽네. 나중에 현장 벗어나면 전화해라."

그리고는 전화를 끊어 버렸다.

그 모습에 박희재가 여진수에게 물었다.

"뭐래?"

"아직 현장에서 작업 중인 듯합니다. 좀 있다가 다시 연락해서 지침 확인하고 전파하겠습니다."

"아이고, 시간이 몇 신데 아직까지…… 우리 대한이가 고생이 많네."

"일단 장간 자재를 들고 출동하는 것으로 준비를 하고 있으면 될 것 같습니다."

"그래, 그게 제일 안전하겠지. 중대장들은 내일 당장 출동할 수도 있으니까 잘 준비해 놔."

이윽고 박희재를 비롯한 나머지 중대장들이 빠져나갔고 지휘 통제실에는 여진수와 이영훈 두 사람만이 남게 됐다.

여진수는 얼마간 침묵했다.

아직 박희재가 전달하란 걸 전달하지 못했으니까.

잠시 고민 끝에 여진수가 말했다.

"영훈아."

"예, 과장님."

"대한이한테는 네가 좀 전화해라."

"예. 알겠습니다. 지침도 제가 물어봅니까?"

"그래, 난 이제 대한이한테 전화 못 한다."

"예?"

"그런 게 있어……."

여진수는 한숨을 푹 내쉬고는 지휘 통제실을 벗어났다.

이영훈에게 큰 임무를 맡긴 채.

＊

갑작스레 통화가 끊겨 화가 났지만 대한은 참았다.

여기서 더 따진다고 한들 무얼 얻을 수 있을까?

자신은 한낱 소위 나부랭이인 것을.

대신 이번 일을 빌미로 다음에 더 큰 걸 얻어 내야겠다고 꼭 다짐했다.

그렇게 시작된 저녁 준비.

대한은 하루의 고단함을 먹는 것으로 풀고자 넉넉하게 장을 봐왔다.

물도 많이 사 왔다.

화장실이 없다는 건 물 쓰는 것도 힘들다는 말이었으니까.

'그래, 물 쓰기가 좀 힘들어서 그렇지. 밖에서 불 피우고 놀기엔 오히려 컨테이너가 낫다.'

대한이 요리 준비하는 전찬영에게 다가가 물었다.

"찬영아, 안 불편해?"

"물을 넉넉하게 사 와 주신 덕분에 괜찮습니다. 덕분에 편하게 요리하고 있습니다."

"그래, 필요한 거 있음 더 말하고."

임무 분담은 완벽했다.

요리 준비하는 인원, 불을 피우는 인원, 자리 셋팅하는 인원까지.

물론 대한은 쉬었다.

이들이 먹는 건 모두 대한의 주머니에서 나온 것이니까.

얼마 뒤 저녁 식사가 시작됐고 다들 고기에 조개, 라면까지 배불리 먹은 뒤 대한이 준비해 온 간이 의자에 앉아 불멍을 시작했다.

불멍이 시작되자 황재우가 푸짐하게 웃으며 말했다.

"이러니까 진짜 놀러온 것 같습니다."

"저도 군 생활하면서 제대로 된 캠핑 요리를 하게 될 줄은 전혀 몰랐습니다."

"존멋입니다, 소대장님!"

그 말에 대한도 넉넉하게 웃으며 말했다.

"이게 파견의 참맛 아니겠냐?"

"맞습니다. 소대장님 아니었으면 이런 맛이 있는 줄도 몰랐을 겁니다."

박태현의 대답이었다.

그 말에 대한이 피식 웃으며 말했다.

"전문하사 하는 동안 참맛들 더 찾아보자."

"하하, 좋습니다."

"오, 너 좋다고 했다?"

"아, 앗! 하마터면 넘어갈 뻔했습니다."

"그냥 하지 그러냐?"

"그래도 아직은 고민을 좀 더……."

"그럼 이건 어떠냐?"

피식 웃던 대한이 트렁크로 이동해 무언갈 가지고 왔다.

맥주였다.

대한이 차게 식은 맥주를 흔들어 보이며 말했다.

"이거 먹고 전문하사 할래, 아님 그냥 불멍이나 하다가 잘래?"

"아, 앗……!"

"이거 먹고 다음 날 아침에 남은 재료 넣고 끓인 해장라면 먹으면…… 알지?"

"아아!"

박태현은 두 손을 얼굴에 붙였다.

그리고 한참을 고민하더니 입술을 깨물며 말했다.

"치사하게 먹을 걸로 이러시기 있습니까?"

"싫으면 말고, 자 애들아 우린 그 사이에 한 캔씩 까자."

치익-

대한이 직접 맥주 캔을 따서 전찬영과 황재우에게 나눠 주었고 세 사람만 건배한 뒤 시원하게 맥주를 마시기 시작했다.

꿀꺽-꿀꺽-

박태현의 입안에 침이 가득 고인다.

안 그래도 아까 저녁 먹으면서 술 생각이 간절했는데 하필이면 이 타이밍에 맥주라니.

박태현이 말했다.

"……습니다."

"뭐라고?"

"……하겠습니다, 전문하사."

그래.

진작에 그렇게 나왔어야지.

하지만 바로 맥주를 주면 재미없지.

"뭐라고? 목소리가 작아서 잘 안 들리는데?"

"맥주 마시고 하겠습니다! 전문하사!"

"훌륭하다. 마셔라!"

"감사합니다!"

손아귀에 느껴지는 차가운 캔의 감각.

뒤이어 목구멍으로 흘러내리는 탄산과 효모의 맛까지.

천국이 있다면 여기가 천국일까?

황홀감에 빠진 박태현을 보며 대한은 한쪽 입꼬리를 올렸다.

'나중에 보급관이 좋아하겠군.'

이렇게 성실한 일꾼 한 명을 획득할 수 있었다.

✴

술자리는 시간이 지날수록 무르익어 갔다.

대한은 처음에 먹은 한 캔을 제외하면 더 이상 먹지 않았다.

혹시 모를 비상 상황을 대비하기 위해서였다.

그러나 병력들은 마음껏 마시게 해 주었고 가장 먼저 곯아 떨어진 건 전찬영이었다.

대한이 전찬영을 일으켜 도수 운반법을 실시했다.

"소댐, 제가 옮겨 놓겠습니다."

"아니야, 너넨 놀아. 안에서 나도 잘 준비 좀 하고 올 테니까."

"예, 알겠습니다."

대한과 전찬영이 컨테이너 안으로 사라지자 박태현이 황재우에게 맥주캔을 내밀었다.

팅.

유리잔 특유의 맑은 소리는 아니었지만 그래도 묵직한 건배 소리가 울린다.

박태현은 맥주를 들이켜고 얼마간 불을 쬐더니 황재우에게 말했다.

"재우야."

"예, 박태현 병장님."

"그땐 못 도와줘서 미안했다."

"갑자기 무슨 말씀이십니까?"

"너 주진이한테 당하고 있을 때 말이야. 나라도 말렸어야 했는데 내 안위만 생각하느라 말리질 못 했어. 미안하다."

박태현은 마음속에 담아 두었던 이야기를 털어놓았다.

사실 교회에서 황재우를 만난 뒤부터 계속해서 신경이 쓰였다.

황재우는 갑작스러운 박태현의 사과에 아무 말도 못한 채 불만 쳐다봤다.

박태현이 이어서 말했다.

"우리 아버지가 교회 목사시거든? 어릴 때부터 힘들어하는 친구들 외면하지 말라고 그렇게 말씀하셨는데…….."

박태현이 남은 맥주를 입안에 털어 넣은 후 이어 말했다.

"교회에서 널 보고 나니까 바로 아버지 말씀이 생각나더라. 일찍 못 도와줘서 미안하다. 이젠 도움이 필요 없는 것 같다만은 혹시라도 다른 도움이 필요하면 언제든지 말해. 그리고 나 굳이 용서 안 해도 된다."

박태현은 황재우의 대답을 기다리지 않았다.

황재우가 대답하지 않아도 할 말이 없었으니까.

'내가 이런 말 하는 것 자체가 싫을 수도 있지.'

술을 괜히 먹었나 보다.

어쩌면 이런 말 자체가 황재우의 아픈 기억을 건드리는 걸 수도 있는데.

그때 얼마간 침묵하던 황재우가 여전히 불에 시선을 고정한 채 말했다.

"……사실 그냥 잊고 사는 게 마음 편하다고 생각했습니다. 아무리 좋게 생각하려 해도 좋은 기억은 아니지 않습니까."

"……그렇지."

"그런데 사람 기억이 그렇게 또 쉽게 잊히는 게 아니지 않습니까. 아직도 꿈에 나오는 걸 보면 잊으려면 시간이 많이 걸릴 것 같습니다."

황재우도 남은 맥주를 입에 털어 넣었다.

"그래도 박태현 병장님처럼 말씀해 주시는 게 좋습니다. 한 번뿐인 군 생활인데 돌이켜 보면 주변에 마냥 나쁜 사람들만 있었던 건 아니라고 생각할 수 있지 않습니까."

"……미안하다."

"아닙니다. 소대장님과 주변 사람들 덕분에 많이 괜찮아졌습니다. 앞으로 더 괜찮아질 예정이고 말입니다. 그리고…… 그때 교회 다녀오고 난 뒤부터 마음이 좀 편해졌습니다. 그래서 이제부터 계속 다녀 보려고 합니다."

"그래? 그럼 같이 다닐까?"

"전 좋습니다."

박태현이 웃으며 새 맥주를 황재우에게 건넸고 황재우가 맥주를 받아 들며 물었다.

"저 박태현 병장님, 근데 궁금한 게 하나 있는데 여쭤봐도 되겠습니까?"

"뭔데?"

"제가 잘 몰라서 그러는데…… 교회 다니는 사람은 술 먹으면 안 되지 않습니까?"

그 말에 박태현이 피식 웃으며 말했다.

"이거 술 아냐, 보리로 만든 음료수지."

"하하, 그것도 맞는 말씀입니다."

두 사람이 웃으며 캔을 부딪친다.

✳

다음 날 아침.

대한은 컨테이너에 뻗어 있는 병력들을 보며 한숨을 내쉬었다.

'술을 괜히 줬나?'

꽤 넉넉하게 사 온 술을 설마 다 먹었을 줄이야.

전찬영이야 일찍 잤다 쳐도 황재우랑 박태현이 이걸 다 먹을 줄은 몰랐다.

물론 그렇다고 애들을 나무랄 생각은 없었다.

어제 두 사람이 하는 대화를 들었기 때문이다.

'뭐, 이번 일을 계기로 잘 풀리면 좋지.'

대한은 일부러 못 들은 척 했다.

그래야 안 민망할 테니까.

아니, 오히려 술을 다 꺼내 주고 자리를 피해 주었다.

그래야 알아서 회포를 풀 테니.

근데 설마 이걸 다 마실 줄을 몰랐다.

대한은 이들을 위해 해장 라면을 끓여 주기로 하고 냄비에 물을 올렸다.

그때 버너 소리를 들은 전찬영이 귀신 같이 일어났다.

"제가 하겠습니다."

"왜, 더 자지?"

"아닙니다. 저 충분히 잤습니다."

역시 요리사.

버너 소리 한 번에 바로 잠에서 깨다니.

두 사람이 함께한 덕에 해장 라면은 금방 완성되었고 네 사람은 아침으로 라면을 먹을 수 있었다.

"해장라면까지…… 정말 감사합니다, 소대장님."

"어제 둘이 엄청 마셨더라?"

"하하, 기회가 돼서 좋은 자리 할 수 있었습니다."

"깡패냐? 좋은 시간, 좋은 사람들과 좋은 자리, 이런 말하게."

대한의 말에 모두가 웃음을 터뜨린다.

이윽고 박태현이 국물을 마신 후 물었다.

"소대장님, 혹시 오늘도 유 하사님이 데리러 오십니까?"

"아니, 오늘부터는 알아서 가야지. 길을 모르는 것도 아니고."

"에이, 그럼 안 씻어야겠다."

"미친 놈, 유 하사랑 상관없이 좀 씻어야 되지 않겠나?"

"잘 보일 사람도 없는데 생수로 물 세수만 하면 됩니다."

하긴.

까무잡잡한 **빡빡이**가 씻는다고 얼마나 변하겠나.

먼저 식사를 마친 대한이 모닝커피를 준비하자 황재우가 물었다.

"커피는 제가 준비하겠습니다."

"아냐, 밥 천천히 먹어. 어차피 급한 것도 없어."

"왜 급한 게 없습니까?"

"어제 자재 준비해 달라고 요청했잖아. 그거 준비되기 전까진 안 갈 거야. 가도 할 게 없잖아?"

미리 가 봤자 다른 곳에 불려 다니며 잡일이나 하겠지.

대한이 괜히 출발하기 전에 통제받지 않는 숙소를 원했던 것이 아니었다.

이런 경우가 빈번히 생기기에 강력하게 요청한 것.

'만약 50사단이 통제하는 숙영지에서 같이 지냈으면 지금쯤 이미 행사장에 도착해 있겠지.'

심지어 맛도 드럽게 없는 밥을 먹으며.

대한의 말에 박태현이 존경스러운 눈으로 대한을 쳐다봤다.

"진짜…… 소대장님 대단하십니다."

"그러니까 잘 모셔."

"예, 충성을 다하겠습니다. 그런데 오늘 연락 안 오면 어떻게 합니까?"

"안 가는 거지."

"……그래도 됩니까?"

"그럼 자재도 없는 데 가서 뭐 할까? 네가 각목이랑 합판 만들어 올래?"

"아니, 그건 아니지만…… 그래도 사단장님이 지침 내려 주신 것도 있는데 잘 준비해야 하지 않습니까. 심지어 3일 안에 끝내겠다고 하셨잖습니까."

"그러니까 말이야. 사단장님이 지침 내려 주셔서 준비해야 하는데 자재가 없으면 어떻게 될까?"

"아……!"

"이해했어?"

"가슴에 새기겠습니다."

물론 정말로 가만히 있지만은 않을 것이다.

파견지에서 누굴 함부로 믿었다간 큰 코 다치기 십상이니까.

다만 강예성은 한 번쯤 혼날 필요가 있었다.

'대위라는 놈이 말이야. 일처리를 그따위로 하면 쓰나.'

강예성은 아마 사단장한테 털리지 않기 위해 최선을 다할 것이다.

하지만 어디 나랏돈 쓰는 게 쉽나.

아무리 예산이 있더라도 사용하는 절차가 여간 귀찮은 것이 아니었으니까.

주창헌이 나서지 않는 이상, 자재 준비는 늦어질 게 분명했다.

'얼마나 구해 올지 일단 한번 보자고.'

대한이 기분 좋게 모닝커피를 마신다.

✳

아니나 다를까, 주창헌은 아침부터 강예성에게 고함을 치는 중이었다.

"그래서 뭐! 오늘 못 한다고?"

"그, 그게 목재상에서 결제해야 보내 준다고 해서……."

"그럼 결재하면 될 거 아냐! 예산 남았잖아!"

"결재 올렸는데 아직 승인이 안 나서 못 가지러 가고 있습니다……."

역시 진행에 차질이 생겼다.

나랏돈 쓰기는 쉽지가 않으니까.

그래서일까, 주창헌은 미치고 팔짝 뛸 노릇이었다.

'이번 평정에서도 밀리면 진급은 포기해야 한다.'

사단의 이름이 걸린 행사를 준비하는 건 결코 쉬운 일이 아니었다.

행사의 규모도 계급에 걸맞게 컸고 큰 만큼 준비해야 될 게 한두 개가 아니었다.

다만 어려운 만큼 보상도 컸다.

예를 들면 사단장의 인정이라던가, 평정 같은.

그런 의미에서 낙동강 전승행사도 마찬가지였다.

준비만 잘한다면 사단장의 사랑을 독차지할 수 있었으니까.

그래서 이번 행사를 준비하고 싶어 하는 대대장들이 꽤 많았다.

하지만 주창헌이 그들과의 경쟁에서 승리하여 행사 준비를 하고 있는 것.

근데 요즘 돌아가는 꼬라지를 보면 괜히 행사 준비하겠다고 나선 것 같다.

주창헌이 화를 꾹 참으며 강예성에게 말했다.

"……10분 준다. 결제 다 통과시켜. 그리고 지금 바로 목재상에 차량 출발시켜."

"저도 아까 전부터 재촉하고 있습니다, 근데……."

"야, 넌 일을……! 하, 내 이름 대면서 10분 안에 못 하면 직접 찾아간다고 하면 되잖아!"

"아, 알겠습니다!"

강예성이 후다닥 뛰어 간다.

그 모습을 본 주창헌은 행사장 한복판에서 담배를 꺼내 물었다.

지금 병력들 눈치 볼 상황이 아니었다.

엄두호가 다녀간 걸 생각해 봤을 때 오늘도 행사장에 방문할 가능성이 컸다.

끔찍한 상상이 떠오르자 주창헌이 병력들을 향해 버럭 소리를 질렀다.

"빨리 움직여! 다들 놀러 왔어?"

마음의 편지 같은 걸 신경 쓸 때가 아니었다.

그런 건 얼마든 받아도 좋으니 행사만 제대로 끝냈으면 했다.

그때, 주변을 살피던 주창헌이 장간 쪽을 바라보더니 입에 문 담배를 다시 뺐다.

'공병단에서 파견 온 소위는 어디 갔어?'

이름도 기억 못 했다.

더불어 지금 당장 여기 있어도 대한이 할 수 있는 건 아무것도 없다는 것도 잘 안다.

하지만 주창헌의 마음이 조급한 지금, 무슨 일이라도 시켜야 마음이 편할 것 같았다.

"에이씨."

주창헌은 한동안 대한을 찾다가 포기했다.

대한의 예상은 한 치도 빗나가지 않았다.

꽃

"연락이 진짜 안 오는가 봅니다."

"그렇다니까. 어쩔 수 없어. 그게 하루 만에 하기 쉬운 일은 아니거든."

"중대 운영비가 있었으면 바로 되는 거였습니까?"

"적어도 오전에는 출동했을 걸?"

점심으로 국밥을 먹었다.

라면과 국밥은 묘하게 포지션이 겹치지만 맨날 짬밥만 먹는 병사들 입장에선 그저 쌍수 들고 환영할 일.

그때, 대한의 휴대폰이 울렸다.

발신자는 다름 아닌 강예성.

호랑이도 제 말 하면 온다더니 대한이 웃으며 폰을 들었다.

"충성. 소위 김대한 전화 받았습니다."

-대한아, 자재 준비 다 됐다.

"예, 알겠습니다. 식사는 하셨습니까?"

-아니. 직접 목재상 가서 들고 온다고 이제 도착했어. 숙영지 들어가서 밥 먹어야지.

"식사 챙기십쇼. 오후에 바로 준비하겠습니다."

-그래, 부탁할게.

"예, 고생하셨습니다. 충성."

밥도 못 먹고 일이라니.

좀 짠한 듯하지만 이번 일을 교훈삼아 다음부턴 재깍재깍 준비하면 될 일.

통화를 마친 대한은 바로 어디론가 전화를 걸었다.

오전에 미리 섭외해 둔 목수였다.

통화는 수화음이 몇 번 울리기도 전에 수락됐다.

―예, 사장님.

"오후에 일 바로 진행하시면 될 것 같습니다. 식사는 하셨습니까?"

―지금 먹고 있습니다. 이거 먹고 바로 출발할게요.

"예, 천천히 오십쇼."

대한이 직접 하려면 할 수야 있다.

하지만 아무리 대한이 잘한다고 한들 전문 목수들과 비교하면 퀄리티나 속도면에서 엄청난 차이가 발생한다.

'내가 3일을 매달려야 할 양을 이틀이면 다 쳐 내겠지.'

어쩌면 그보다 더 빠를 수도 있다.

그러니 사람을 쓰는 거다. 대한이 형편이 안 되는 것도 아니고 돈이 있는데 안 쓸 이유가 없었으니까.

식사를 마친 대한이 가게 입구에서 설치된 후식 커피를 뽑아 들며 말했다.

"슬슬 가자."

"예."

✻

"이게 뭐야?"

느긋하게 행사장에 도착한 직후였다.

대한은 자신의 눈을 의심했다.

"겨우 이게 다라고?"

목재상에서 목재 사 왔다더니 이게 뭐야?

가정집 인테리어가 딱 이 정도 들어갈 것 같은데?

대한이 인상을 쓰며 박태현에게 물었다.

"네가 봐도 좀 심하지 않냐?"

"좀 그렇습니다."

그래.

강예성을 믿은 내가 잘못이지.

일처리 한번 예술적으로 하네.

대한은 한숨을 푹 내쉬며 바로 강예성에게 전화를 걸었다.

"충성. 중대장님 지금 어디십니까?"

─나 지금 행사장으로 가는 중. 왜?

"자재가 혹시 더 오는 중입니까?"

─응? 아니?

"그럼 각목 10개, 합판 10개 시키신 거 맞습니까?"

─어, 그 정도면 충분하지 않아?

명랑한 목소리.

이 자식, 진심이었군.

그래서 머리가 더 아팠다.

대한은 대강 대답한 뒤 그냥 전화를 끊었다.

돌도 쥐어짜면 물을 나오게 하는 곳이 군대라지만 애석하게
도 지금 돌을 쥐어짜야 하는 건 대한의 몫.

그래서 관두기로 했다. 내 부대도 아닌데 멍청한 놈 쥐어짜
봐야 뭐가 더 나오겠는가.

대한은 잠시 고민하더니 다시 어디론가로 전화를 걸었다.

'설마 이 방법까지 쓰게 될 줄은 몰랐다.'

이윽고 상대가 전화를 받았다.

대한이 전화를 건 사람은 다름 아닌 고아스 회장이었다.

"바쁘십니까. 회장님?"

─아이고, 대표님 잘 지내셨어요?

밝게 대답했지만 지근식은 대한의 전화가 마냥 반갑지 않았
다.

서로 안부 물을 사이는 아니고 보나마나 전에 말한 현물 쿠
폰 때문에 전화했겠지.

대한이 말했다.

"예, 덕분에 잘 지냈습니다. 제가 시간이 없어서 그런데 본론
만 말씀드리겠습니다. 혹시 가구 만들고 남는 자투리 폐자재 좀
얻을 수 있을까 해서 연락드렸습니다."

─자투리요?

"예, 군부대 행사에 쓸 건데 폭파용으로 폐자재가 좀 필요해서요."

폭파?

그 말에 지근식이 고개를 끄덕이며 말했다.

－흠, 그런 거라면 자투리 자재는 못 쓸 것 같습니다. 애초에 가구 제작에 쓰는 자재들은 낭비 없이 재단해서 나오기 때문에 남는 것도 많이 없고 얇은 것들뿐입니다.

"아쉽네요. 그럼 제일 싼 합판으로 한 트럭만 좀 가능하겠습니까? 지금 당장 좀 필요해서요. 아, 혹시 제가 지금 합판 가져가게 되면 공장 운영에 차질이 생기나요?"

아무리 계약이라도 상대방 스케줄 정도는 신경 써 줘야 하는 게 예의.

다행히 긍정적인 답변이 돌아왔다.

－아닙니다. 합판 한 트럭 정도는 괜찮습니다. 근데 언제까지 보내드려야 되는 겁니까?

"지금 당장 보내 주셔야 합니다. 일과 끝나기 전에 도착해야 하고요."

대한의 말에 지근식이 놀란 눈으로 시간을 확인했다.

시간은 이제 막 1시를 넘겼고 지금 자재를 싣고 파주에서 대구까지 출발시키면 넉넉잡아 네댓 시간은 걸릴 터.

일과 끝나기 전이라고 했으니 6시 전에는 도착해야만 했다.

빠듯한 일정.

하지만 불가능한 건 아니었다.

다만 무리하기가 싫을 뿐이지.

하지만 상대는 대한이었다.

괜히 우는 소리했다가 한 소리 듣고 체면 깎일 바엔 그냥 얼른 처리해 주는 게 나았다.

─알겠습니다.

"역시 시원하십니다. 그럼 이 번호로 주소 보내 드리겠습니다. 잘 부탁드리겠습니다."

이로써 합판 문제도 해결.

이제 남은 건 기다리는 것뿐.

하지만 그전에 목수부터 다시 되돌려 보내야 했다.

'다음부턴 타 부대 사람 절대로 안 믿는다.'

대한은 목수에게 다시 전화해 사정을 설명하고 출장 시간을 야간으로 변경했다.

변경은 쉬웠다.

애초에 이번 작업에는 야간작업도 포함되어 있다고 미리 말해 두었으니.

'이럴 줄 알았음 미리 자재 물량부터 확인하고 오는 건데.'

괜히 일찍 와서 시간만 버렸다.

그때였다.

저 멀리서 주창헌이 황소처럼 다가오기 시작한 건.

'저 양반, 뿔 많이 났네.'

이유야 많을 테지.

대한은 주창헌을 발견하자마자 곧장 우렁차게 경례했다.

"충! 성!"

하지만 주창헌은 대한의 경례를 받아 주지도 않은 채 물었다.

"자네 오전에 어디 갔었나?"

"숙소에서 대기 중이었습니다."

"숙소에 있었다고? 왜?"

"자재가 없으면 저희도 할 일이 없기 때문에 체력 비축 차원에서 대기 중이었습니다."

그 말에 주창헌이 인상을 쓰며 주변에 널브러진 각목과 합판들을 보았다.

"저기 있는 것들은 자재가 아닌가?"

"저것들론 턱없이 부족합니다. 자재가 확보되는 대로 바로 작업할 예정이고 완료되는 대로 바로 보고드리겠습니다."

대한의 말에 주창헌은 하마터면 고개를 끄덕일 뻔했다.

그만큼 깔끔한 대답이었으니까.

게다가 주창헌은 대한의 상황을 이미 알고 있었다.

오전에 강예성에게 예산 문제를 보고받았으니까.

하지만 지금 그게 중요한 게 아니었다.

그는 지금 분풀이할 곳이 필요했다.

또 어수선한 분위기를 바로 잡을 희생양도 필요했고.

그래서 그 대상으로 대한을 택했다.

같은 부대 간부를 털기보단 타 부대 간부가 낫다는 게 그의 판단이었다.

대한의 대답에 주창헌이 대뜸 소리를 질렀다.

"지금 장난해?"

갑자기 소리를 질러서 놀랐다.

주창헌의 말이 계속됐다.

"누가 그 따위로 보고를 해! 얼마나 필요한지 작업 시간은 얼마나 걸릴지 제대로 보고해야지! 자네 부대에선 군 생활을 그렇게 가르치든?"

주창헌의 큰 목소리가 자연스럽게 주변의 이목을 모았다.

그렇기에 대한은 깨달았다.

이 양반이 왜 갑자기 이러는지를.

'본보기가 필요한 모양인데…….'

아무리 그래도 그렇지 마지막 말은 군인한테 부모 욕이나 다름없거늘.

게다가 하필이면 왜 나야?

타 부대 간부면 더 조심해야 하는 거 아닌가?

그래서 대한도 참을 생각이 별로 없었다.

"자재가 부족해서 못 했다고 분명히 말씀드렸습니다. 그리고 그 자재를 준비해야 하는 사람은 제가 아니었습니다."

당신 옆에 있는 강예성이었지.

강예성은 대한이 혼나기 시작하자 본능적으로 숨었다.

저 쥐새끼 같은 놈.

무능력한 놈들이 위기감지 능력은 또 탁월해요.

주창헌이 대한의 말을 받아쳤다.

"자재가 부족하다는 건 다 핑계야! 이가 없으면 잇몸으로라도 부딪히는 게 군인이지, 어디 소위 주제에 요령을 피워?"

대한은 이 대화가 좀처럼 진정이 되지 않을 것이라고 확신했다.

그도 그럴 게 주창헌의 목적은 확실했고 현 상황에서 대한이 중령을 이길 수 있는 방법은 거의 없었으니까.

그래도 엿 먹일 수 있는 방법은 하나 알고 있었다.

'그럼 네가 알아서 하든가.'

애초에 손이 모자라서 파견 요청해 놓고 누굴 잡고 있는 거야, 지금?

게다가 이번 문제를 깊게 파고들면 결국 자재 지원을 해 주지 않은 주창헌이 책임질 수밖에 없는 구조.

주창헌의 면을 세워 주고 싶은 생각은 추호도 없었다.

이런 부당한 억압은 전생에 너무 많이 당했으니까.

대한이 입을 열려던 순간, 유소연이 헐레벌떡 뛰어와 주창헌에게 말했다.

"대대장님! 사단장님 오고 계시답니다. 지금 차량 통제 인원들한테 연락받았습니다."

"사단장님이?"

사단장 떴다는 말에 주창헌의 표정이 바로 바뀌었다.

그리고 도망치듯 자리를 떴다.

주창헌도 알고 있었기 때문이다.

여기서 일이 잘못되기라도 하면 결국 자기가 책임을 져야 한다는 걸.

주창헌이 유소연과 함께 자리를 뜨자 뒤에서 지켜보던 박태현이 조용히 다가와 말했다.

"너무하신 거 아닙니까? 상황이 이렇게 된 건 다 그 중대장 때문 아닙니까?"

"원래 군대는 이해할 수 없는 것들투성이 아니냐. 사단장님 오신다니까 우리도 준비하자."

"예."

사단장이 왔다는 말에 대한도 이쯤에서 그만하기로 했다.

그도 그럴 게 전날 이영훈에게 들었기 때문이다. 이원영과 박희재가 무슨 사고를 쳤는지.

'도움 안 되는 인간들 같으니라고.'

덕분에 여진수, 그 양반이 왜 갑자기 전화를 끊었는지도 그제야 이해가 됐다.

열불이 터졌지만 어찌하랴.

물은 이미 엎질러졌는 걸.

※

　잠시 후, 유소연의 말대로 행사장에 사단장이 도착했고 도착하기 무섭게 장간 쪽으로 이동하기 시작했다.

　전날 이원영에게 경고한 대로 아주 꼼꼼하게 대한을 볼 생각이었기 때문이다.

　엄두호를 발견한 대한이 우렁차게 경례했다.

　"추웅! 서엉!"

　그러나 엄두호는 대한의 경례를 받지 않았다.

　"너 뭐 하는 놈이야?"

　역시.

　엄두호의 폭격이 시작됐다.

　대한이 가만히 고개 숙이자 엄두호가 헛웃음을 터뜨렸다.

　"어쭈? 내 앞에서 발뺌하는 것 봐라? 잘하는 것 같아서 좀 이뻐해 주려고 했더니 안 되겠구만?"

　"아닙니다."

　"아니긴 뭐가 아니야? 생각 없이 지껄이고 부대 지휘관에게 연락해 도와 달라고 하면 그게 애새끼지 군인이야? 어? 장교로 군대까지 온 새끼가 밑에 애들 보기 부끄럽지도 않아?"

　예, 안 부끄럽습니다.

　전 애초에 그런 도움을 요청한 적이 없으니까요.

　하지만 그렇게 말할 순 없었다.

상대가 아무리 계약직 장성이라지만 지금 당장 뽐을 수 있는 영향력은 주창헌 따위와는 비교도 안 됐으니까.

"장간 준비는 얼마나 됐어? 보나 마나지?"

대한이 대답하려던 순간이었다.

곁에 서 있던 주창헌이 얼씨구나 선수를 쳤다.

"자재가 없다며 아직 시작도 안 했습니다."

"하, 거봐라. 내 이럴 줄 알았다. 하여튼 말뿐인 놈들…… 넌 각오해. 본인이 한 말은 본인이 책임져야 한다는 걸 이번 기회에 뼈저리게 느끼게 해 줄 테니까."

사단장의 진심 어린 경고.

아, 이러면 좀 곤란한데.

결국 대한은 직접 입을 열기로 했다.

이원영도 해결하지 못한 사건을 확실하게 매듭지으려면 현장에 나와 있는 자신밖에 없었으니까.

대한이 말했다.

Chapter 2

"제가 말씀드려도 되겠습니까?"

"변명 따위를 할 생각이라면 집어치워라. 변명하는 순간 너희 부대부터 뒤집어엎을 테니까."

"변명할 생각 없습니다. 대대장의 말처럼 아직 진행된 건 아무것도 없습니다."

"그런데도 할 말이 있어? 이거 완전 입만 산 새끼구만?"

이 양반 참…….

무슨 믹서기야?

잠깐 눈 밖에 났다고 사람을 아주 갈아 버리려고 하네?

그러나 대한은 엄두호에게 전혀 기죽지 않은 모습으로 답했다.

"제가 약속드린 3일은 아직 지나지 않았다는 것을 말씀드리는 겁니다."

"뭐?"

"분명 어제 사단장님께 말씀드릴 때 3일이면 충분하다고 말씀드렸습니다. 그리고 그 3일은 그냥 뱉은 말이 아닙니다. 현장은 지금도 제 계획대로 잘 흘러가는 중입니다."

"아무것도 안 해 놓고 계획대로 잘 흘러가고 있다고? 그걸 지금 나 보고 믿으라고?"

"총 없이 전쟁터에 나갈 수는 없지 않겠습니까? 하루 정도는 총과 총알을 준비하는 시간으로 써도 부족하지 않다고 생각합니다. 완벽한 준비가 곧 완벽한 결과를 가져오지 않겠습니까."

대한의 설명에 엄두호는 입만 산 놈이라는 평가를 더욱 확고히 하려고 했다.

그러나 이번엔 대한이 먼저 선수를 쳤다.

"약속드리겠습니다. 만약 3일 뒤에 만족하지 못하신다면 저희 공병단 물자를 가져와 철야까지 작업해서 행사에 지장이 없도록 하겠습니다."

그 말에 엄두호는 하려던 말을 집어넣고 콧방귀를 뀌었다.

"너희 부대장도 네가 이런 말 하고 있다는 걸 아나?"

"현장에선 선 조치 후 보고 아니겠습니까. 당연히 모릅니다."

"그럼 부대장이 못 하겠다고 하면 넌 지키지 못할 약속을 하는 것 아니냐?"

"그럼 사단장님을 기만한 죄를 달게 받겠습니다. 그게 징계라도 상관없습니다."

대한의 말에 천용득을 비롯한 대한의 사람들은 긴장하기 시작했다. 이런 사소한 것으로 징계가 열릴까 싶었지만 그 상대가 사단장이었다.

이것보다 더 사소한 것으로도 중징계가 가능한 인물.

엄두호는 대한의 말에 고개를 내저었다.

"내가 고작 그런 것으로 군사 재판을 열 놈으로 보이냐? 그딴 식으로 넘어갈 생각하지 마라. 잠깐 기다려."

엄두호는 대한의 말을 무시하며 바로 이원영에게 전화를 걸었다.

―충성! 부대 이상 없습니다.

"지금 너희 부대 김대한이가 내 지침을 받고도 아직까지 준비만 하고 있다."

―아…… 그렇습니까.

"그런데 3일 뒤, 아니 오늘부터 2일 뒤까지 완성 못하면 공병단에 있는 물자 가지고 와서 어떻게든 완성시킨다는데 어떻게 생각하냐?"

그 말에 이원영은 순간 말문이 막혔다.

당연했다.

사전에 보고받지 못한 것이었으니까.

그 반응에 엄두호가 혀를 차며 대한을 노려봤다. 그리고 대한을 향해 한마디 하려는 그때.

─……김대한 소위가 완성한다고 했으면 무조건 할 겁니다. 그래도 혹시 김 소위가 완성한 것이 사단장님 마음에 안 드신다면 김 소위가 말한 대로 하겠습니다.

"……얘 말대로 한다고?"

─예, 그렇습니다.

"너 정신이 있는 놈이냐? 아무리 후방이라지만 부대 일정이란 게 있는데 장비랑 병력들 데리고 온다고?"

─부대운영이 차질이 생기긴 하겠지만 일정은 미룰 수 있는 것이지 않습니까. 하지만 행사는 미루지 못하는 것이고 그에 따른 책임은 확실히 질 겁니다.

이원영이 마치 준비하고 있었다는 듯 담담하게 말하자 엄두호가 조용히 자리를 이동했다.

그리고 본인의 목소리가 안 들릴 거리까지 이동한 후 조용히 말했다.

"아무리 생각 없는 대령이라지만 넌 부대장씩이나 돼서 소위한테 너무 휘둘리는 거 아냐? 내가 이렇게까지 이야기했으면 애를 잡아야지 얼마나 귀한 놈이라고 이렇게 싸고돌아?"

─저는 제 부하들을 다른 부대에 파견 보낼 때 항상 저를 대신해서 간다고 생각합니다. 그렇기에 김 소위가 한 말은 곧 제가 한 말과 같습니다.

그 말에 엄두호는 잠시 침묵했다.

대령이고 소위고 희한한 놈들이라고 생각했기 때문이다.

하지만.

'아주 형편없는 놈들은 아닌가 보군.'

공과 사를 엄격히 구분하고 군인 정신과 책임감을 강조하는 것이 엄두호의 군 생활 지침이었다.

그렇기에 엄두호의 화를 한풀 꺾을 수 있었다.

그도 그럴 게 소위와 대령이면 부대 내 최하급자와 최상급자일 텐데 이 정도로 유대감이 강하다는 건 좀처럼 보기 드문 일이었으니까.

하지만 그럼에도 입만 살았다는 생각은 완전히 지우씬 못했다.

"……좋아. 그럼 얘가 제대로 못 하면 그땐 너희 부대가 와서 직접 행사 준비하는 거다."

─예, 알겠습니다.

"후…… 그래. 일 봐라."

엄두호는 한숨과 함께 전화를 끊고는 대한에게 다가갔다.

그리고 대한에게 말했다.

"2일 남았다."

"알고 있습니다."

"그 자신감이 어디서 나오는지 그때 확인해 보마."

엄두호는 대한과 장간을 번갈아 쳐다보고는 그대로 몸을 돌렸다.

그때, 대한이 엄두호를 불러 세웠다.

"사단장님."

그 말에 모든 간부가 대한을 주목했다.

그러나 대한은 쫄지 않고 담담하게 말했다.

"이제부턴 파견 나온 간부가 아닌 저희 부대가 직접 이 행사에 참가했다고 생각해도 되겠습니까?"

"그게 무슨……."

엄두호는 말을 이으려다 대한의 시선이 자신이 아닌 자신의 옆에 있는 주창헌을 보고 있다는 걸 깨달았다.

이놈 봐라?

아주 웃긴 놈이네.

그렇기에 오히려 재밌게 느껴졌다.

"참나, 그래. 이왕 책임진 거 그렇게 해라."

"알겠습니다. 그럼 2일 뒤에 뵙겠습니다. 충! 성!"

엄두호가 떠나자 대한을 쳐다보던 수많은 인원이 한숨과 함께 제자리로 이동했고 그 자리엔 태풍이 지나간 것처럼 한동안 침묵이 즐비했다.

그러던 중 침묵을 먼저 깬 건 박태현이었다.

"소대장님, 혹시 부대에 전화하신 적 있으십니까?"

"아니, 없지."

"그런데 왜 저렇게 말하는 겁니까?"

"있어, 그런 게."

병사한테 어찌 단장과 대대장이 사고 쳤다고 말할 수 있으랴.

그때, 저 멀리서 누군가 뛰어왔다.

천용득이었다.

"충성."

"하, 대한아. 미안하다."

"예? 대대장님께서 제게 미안할 일이 뭐가 있으시다고……."

"부대에 도움 요청한 거 말이야, 내가 선배님한테 전화했거든."

아.

어쩐지.

이제야 퍼즐이 맞아떨어지는 것 같았다.

'하긴 이원영이랑 박희재가 어떻게 알고 먼저 도와 달라고 했을까.'

그렇기에 애초부터 그 두 사람에게 별로 화가 나진 않았다.

사고 쳤다고 표현하긴 했지만 그들이 정말 나쁜 마음에서 그랬겠는가?

"아닙니다, 대대장님. 저 걱정돼서 연락 주신 건데 오히려 제가 감사드립니다."

"어휴. 속 좋은 놈. 지금 상황에 웃음이 나오냐? 너희 부대가 뒤집어지게 생겼는데?"

"부대에 무슨 일 있습니까?"

"아니, 2일 뒤에 통과 못 받으면 부대에서 다 튀어 와야 할 텐데 지금 웃고 있을 때가 아니잖아.”

“아, 괜찮습니다. 그럴 일 없을 겁니다.”

“네가 사단장님 성격을 모르니까 하는 소리지. 내가 본 사단
장님은 이렇게까지 말씀하셨으면 괜찮더라도 절대 통과 안 시
켜 준다.”

그건 당신 생각이고.

물론 대한이 엄두호와 아는 사이는 아니다.

하지만 대한은 엄두호의 통과를 받을 자신이 있었다.

왜냐하면 대한이 현재 준비하고 있는 장간은 전생에 엄두호
가 먼저 준비했던 것이었으니까.

‘내년에는 50사단이 아닌 공병단이 맡아서 행사를 한다.’

자재를 이용한 장간 폭파 연출은 대한의 머리에서 나온 것이
아니었다.

엄두호의 작품이었다.

이를 알게 된 건 해가 바뀌며 공병단이 전승행사를 준비할
때였는데 보통 이런 일이 있으면 가장 먼저 이전 행사의 자료들
부터 찾아보기에 알 수 있었다.

하지만 천용득이 이런 사정을 어찌 알까?

그러니 그저 걱정스러울 수밖에.

대한의 담백한 태도에 천용득이 답답함을 느끼며 말했다.

“그러지 말고 지금이라도 선배님 불러 줄까? 아니면 내가 단
장님한테 직접 말씀드려?”

"아닙니다. 정말 그러실 필요 없습니다."

"걱정되니까 그러지."

"아닙니다. 그래도 헌병대대장님이 계셔서 마음이 든든합니다."

"어휴, 내가 해 줄 수 있는 건 많이 없겠지만 언제든 필요한 게 생기면 말해라. 내가 할 수 있는 거면 도와줄 테니까."

천용득이 대한의 어깨를 토닥이며 응원했고 대한 또한 웃으며 고개를 끄덕였다.

※

엄두호가 떠나자 이내 행사장에 평화가 찾아왔다.

천용득은 엄두호에게 행사 준비를 잘 지켜보라는 임무를 받고 행사장에 남아 이곳저곳을 돌아다녔다.

그때, 주창헌이 천용득에게 다가와 말했다.

"천 중령."

"예, 대대장님."

"사단장님이 오면 오신다고 미리 말해 주면 얼마나 좋아? 매번 이렇게 준비 안 된 상태로 맞이하니까 곤란해 죽겠어, 아주."

천용득이 엄두호를 따라다니지만 그렇다고 주창헌보다 선배인 건 아니었다.

물론 진급은 천용득이 먼저 하긴 했지만 주창헌이 천용득의 선배였다.

천용득은 본인을 타박하는 듯한 말에 기분이 묘해졌지만 이내 웃으며 답했다.

"하하, 사단장님이 워낙 갑작스럽게 움직이셔서 말씀을 못 드렸습니다. 다음부턴 미리 말씀드려 보겠습니다."

"그래…… 그래도 뭐, 오늘은 오히려 잘된 것 같긴 하네."

"칭찬이라도 들으셨습니까?"

"칭찬은 무슨, 사단장님이 칭찬하실 분이냐? 그 소위 있잖아. 사단장님 앞에서 도끼눈을 뜨던. 그놈 그거 뺀질뺀질하니 파견 와서 여군한테 찝쩍거리기만 하더니 이번 기회에 아주 잘 혼났어."

"……예?"

이건 또 무슨 소리야?

소위라면 대한을 말하는 걸 텐데 대한이 여군한테 찝쩍거리다니?

주창헌은 뒷담화에 신이 났는지 말을 이어 나갔다.

"아까 나한테도 도끼눈을 뜨고 대드는데 얼마나 꼴 보기 싫던지. 그래도 안에서 새는 바가지 밖에서도 샌다고 알아서 본인 무덤을 파더만."

"무슨 무덤을 팠단 말입니까?"

"아까 봤잖아. 잘못했다고 빌어도 모자랄 판에 곧 죽어도 자기 잘났다고 딜 하는 거. 근데 어쩌냐? 심사 위원이 사단장님인

로또부터
장군까지

데 이길 수가 있겠어? 어쩔 수 없이 공병단이 와서 작업하겠지."

천용득은 순간 인상이 구겨졌지만 노련하게 포커페이스를 유지하며 말했다.

"그래도 도와주러 온 병력인데 대대장님이 잘 보살펴 주시면 좀 조용히 지나가지 않겠습니까?"

"에이, 뭐 하러? 그런 건 다 직접 경험해 봐야 무서운 줄 알게 되지. 게다가 아까 들었지? 이제부턴 파견 나온 게 아니라 이 부대라고 생각하고 일하겠다고 한 거. 그래서 내가 지원 병력도 빼 버렸잖아."

말 그대로였다.

주창헌은 대한을 제대로 담가 버릴 속셈으로 강예성을 비롯한 지원 보낸 중대 자체를 빼 버렸고.

때마침 천용득의 시야에는 지원 병력 없이 자기들끼리 자재를 옮기는 대한이 보였다.

'미친놈.'

유치해도 너무 유치했다.

같은 중령이란 게 부끄러울 정도로.

그렇기에 천용득은 대한이 여군에게 찝쩍거렸다는 사실도 믿지 않았다.

대한은 그럴 놈이 아니었으니까.

하지만 여기서 천용득이 뭐라고 할 수는 없었다.

자신은 그저 헌병대대장일뿐이니.

천용득은 다시 한번 속으로 화를 참으며 대한을 응원했다.

그리고 한편.

대한은 부하들과 자재 몇 개를 옮기는 척 하며 생각했다.

'드디어 꺼져 주는구나. 나이스.'

강예성과 떠나는 지원 병력들을 보면서 대한은 속으로 쾌재를 불렀다.

사실 진작부터 강예성을 치우고 싶었다.

그래야 주창헌이 와서 자신에게 뭐라고 할 명분이 사라졌으니까.

그래서 일부러 사단장한테 그런 말을 던진 건데 속 좁은 주창헌이 눈치 빠르게 병력들을 빼 주었다.

'이제야 좀 편히 일하겠네.'

강예성까지 사라진 이상, 이제 더 이상 대한이 행사장에서 무엇을 하든 아무도 신경 쓰지 않았다.

그도 그럴 게 대한은 이제 그냥 파견 나온 소위가 아니라 공병단 전체를 대표하는 간부가 되었으니까.

대한이 허리를 펴며 말했다.

"나가서 커피나 한잔 하고 오자. 말을 많이 했더니 아아 땡긴다."

"아이스 아메리카노 좋습니다. 근데 지금 일과 중인데 외출해도 괜찮습니까?"

"파견 나왔는데 뭐 어때. 어디 가냐고 하면 장간 설치에 필요

한 것들 보러 간다고 하면 돼. 어차피 자재나 목수나 일과 끝나
야 와."

"예, 알겠습니다."

"너희도 야간작업해야 될 수도 있는데 그동안 푹 쉬어. 물론
야간에 굴린 만큼 내가 알아서 챙겨 줄 테니 섭섭하게 생각지
말고."

"절대 그런 생각한 적 없습니다."

박태현이 바로 부정하자 대한이 피식 웃었다.

"역시 우리 태현이는 간부 되면 참 잘하겠어."

"후후, 간부보단 소대장님 따까리를 잘할 자신이 있습니다."

"말도 참 이쁘게 하고. 가자, 넌 케익도 먹어라."

"감사합니다!"

대한이 병력들과 함께 이동한다.

✳

대한은 내친 김에 저녁거리까지 미리 구매했다.

그리고 일과가 끝나기 한 시간 전쯤에 들어왔다.

너무 딱 맞춰 오면 목수들과 엇갈릴 수도 있으니까.

그때, 대한의 휴대폰이 울렸다.

목수들이었다.

"도착하셨습니까?"

—예, 여기 알려 주신 곳에 도착했는데 군바리들이 못 들어가게 막는데요?

　당연했다.

　따로 외부인력이 온다고 말해 놓지 않았으니까.

　대한이 물었다.

　"혹시 통제하는 간부 있습니까?"

　—방금 군인 하면 안 될 것 같은 아가씨가 하나 오긴 했습니다.

　"바꿔 주실 수 있으십니까?"

　목수는 유소연을 바꿔 주었고.

　—전화받았습니다.

　"유 하사님, 김대한 소위입니다. 그분들 제가 부른 분들이니까 들여보내 주시면 됩니다."

　—대대장님께서 민간인 출입통제 하라고 하셨는데…….

　"그럼 제가 직접 가겠습니다."

　—아, 아닙니다! 그냥 제가 모시고 가겠습니다.

　유소연은 그냥 자신이 데리고 가기로 했다.

　대한이 와서 통과시키나 자기가 데리고 가나 어차피 결과는 같을 것 같았으니까.

　그 사정을 헤아린 대한이 얼른 사과했다.

　"죄송합니다. 곤란한 상황 생기시면 제가 대대장님께 직접 말씀드리겠습니다."

－알겠습니다.

잠시 후, 전화를 끊은 유소연이 목수들과 함께 나타났다.

"충성!"

"예, 충성. 감사합니다."

"아닙니다. 혹시 외부인원 더 올 분들 있으십니까?"

"조금 있다가 자재 차량 하나 들어올 겁니다."

"알겠습니다. 미리 가서 말해 놓겠습니다."

"예, 그래 주시면 감사하겠습니다. 그나저나 유 하사."

"예, 말씀하십쇼."

"혹시 여기서 담당하고 있는 진짜 업무가 뭡니까?"

대한은 어딜 가나 보이는 유소연이 이상했다.

그도 그럴 게 아무리 할 줄 아는 것 없는 초급 간부라도 통제면 통제 작업이면 작업, 하나만 맡아서 하니까.

부대마다 다를 순 있었지만 하나도 제대로 못 하는 초급 간부에게 이것저것 시키는 지휘관은 없었다.

시켜 봤자 일만 늘어나니까.

유소연은 대한의 물음에 손가락을 접어 가며 말했다.

"폭약 설치, 외부 인원 통제, 상급자 안내, 행사 물자 확인하고 있었는데 어제 브리핑용 자료 만드는 것까지 생겼습니다."

와…….

어쩐지 많이 보이더라니.

대한은 고개를 돌려 주창헌을 찾았다.

'하사한테 많이도 시켰다. 이렇게 시켜 놓고 정작 시킨 놈은 어디 가서 뭐 하는 거야?'

그런데 주창헌이 보이지 않는다.

대한이 한숨을 쉬며 유소연을 위로했다.

"고생이 많으십니다, 힘내십쇼."

"……예. 감사합니다."

대한의 위로에 그녀가 싱긋 웃는다.

그런데 웃음이 묘하게 촉촉해 보이는데 그건 기분 탓이겠지?

그때, 박태현이 도끼눈을 뜨며 대한에게 말했다.

"소대장님, 혹시 유 하사님이랑 친하십니까?"

"친하긴 뭘 친해? 너네들이랑 본 게 다야."

"근데 언제 그렇게 친해지셨습니까? 좀 전에 유 하사님의 그 미소, 전 한 번도 본 적이 없습니다."

"지랄할래 자꾸? 그냥 웃음이 많은 분이겠지. 그리고 이상한 게 있어서 뭐 좀 물어봤다."

"유 하사님이 뭐가 이상합니까. 소대장님이 더 이상합니다."

"이 새끼가 진짜…… 아니, 한번 생각해 봐. 안 이상해? 근무 서고도 계속 일하는 것도 그렇고 하사가 저렇게 일을 많이 하는 게 말이나 되냐? 하사가 뭘 안다고?"

"흠, 듣고 보니 그런 것 같습니다. 근데 그건 그냥 일을 잘해서 그런 거 아닙니까? 원래 이쁘면 일도 잘하지 않습니까."

"넌 그냥 죽어라."

하지만 박태현의 말도 일리는 있었다.

당장 대한도 이 일 저 일 가리지 않고 모두 다 소화하고 있으니까. 하지만 유소연한테는 그런 특별함이 없어 보였다.

그저 맡은 일을 열심히 한다는 것 정도?

물론 여기서 일을 열심히 하는 것과 잘하는 건 완전히 별개였다.

대한은 얼마간 고민하더니 이내 고개를 털었다.

'당장 내 코가 석잔데 누굴 걱정하냐.'

이틀 뒤까지 완성하지 못하면 공병단이 출동해야 했다.

그러니 부대에 역적이 될 생각이 아니라면 지금부터 최선을 다해야 했다. 물론 일은 섭외한 목수들이 할 테지만 옆에서 빠르게 확인을 해 줘야 작업의 속도가 올라간다.

그러니 대한도 마냥 쉴 수만은 없는 노릇.

대한이 도착한 목수들에게 상황 설명을 시작했다.

"곧 있으면 자재들이 들어올 건데 말씀드렸던 대로 오늘은 야간작업도 하셔야 하고……."

얼마 뒤 대한의 말마따나 지근식이 보낸 자재 차량이 들어왔고 모두들 각자 맡은 일을 시작했다.

※

한편, 이원영이 엄두호에게 전화를 받은 얼마 뒤, 이원영은 박희재를 단장실로 불러 조금 전 엄두호에게 걸려 온 통화에 대해 전부 말해 주었다.

박희재는 이원영의 말을 듣고는 웃으며 박수를 쳤다.

"내 동기 멋지다! 역시 육사는 달라. 참 군인이야, 참 군인!"

"아, 장난치지 말고."

"장난 아닌데? 진짜야, 사실상 대한이가 뭘 하든지 책임져 주겠다는 말이잖아. 지휘관이 그 정도 했으면 됐지, 뭘 더 해?"

"하…… 그러다 진짜 출동하면 어쩌지?"

"하면 되지 뭐가 문제야? 오랜만에 마실 나가고 좋지 뭐."

"야, 나가서 일단일중식 하고 올 거야? 사고 쳐서 나가는 거면 최소 이단이중식은 하고 와야 할 거 아냐. 그러면 장비도 들고 가야 하고 얼마나 일이 커지는데 생각을 좀 해라."

박희재는 이원영의 말에 혀를 차며 말했다.

"이 친구 아직 군인 되려면 멀었네."

"뭐?"

"일찍 준비해 놓으면 되잖아."

"애들한테 지금부터 출동 준비시키라고?"

"에이, 출동 준비가 아니지."

"그럼 뭐 하라고?"

"전술 훈련 당겨서 하면 되잖아."

박희재는 다가올 대대 전술 훈련을 미리 할 생각을 했다.

그도 그럴 게 대대 전술 훈련에는 실제 부대에서 장간 자재를 싣고 타 지역으로 이동해서 설치하게 되어 있었으며 이는 대한을 지원하기 위한 것과 동일한 과정이었다.

어제부터 여진수와 중대장들과 머리를 싸매서 찾은 방안이었고 이원영도 듣자마자 미소 지을 정도로 괜찮은 방법이었다.

"2일 남았으니까 충분하겠네."

"대신 이걸로 퉁 치는 거다?"

"오늘부터 할 거야?"

"아니, 내일."

"······3일짜리를 하루로 퉁 치려고?"

"이게 다 네가 만든 상황이잖아. 우리 애들이 너 때문에 고생하는 거 상황 설명 상세하게 해 주고 올라올까?"

이원영은 박희재의 말에 아무 말도 하지 못했다.

물론 박희재가 부추겨서 엄두호에게 전화를 했다는 억울함이 있었지만 결론적으로 본인이 만든 상황이 맞긴 했다.

그에 덧붙여 대한을 콕 집어 보낸 것도 본인이었고 파견 보낸 애를 힘들게 한 것도 본인이었으니까.

"······아니, 하지 말고 그냥 내일 하루로 퉁 쳐."

"자식, 진작 그럴 것이지."

"그나저나 대한이는 연락 없냐?"

"너한테 안 갔어?"

"나한테 왜 와? 대대장인 너한테 먼저 하겠지."

아니, 상황이 이 정도로 꼬였는데 상급자한테 연락 한 통이 없다고?

두 사람은 동시에 고개를 갸웃거렸다. 가까이서 봐도 특이한 놈이었는데 멀리 보내니까 더 특이했다.

대한이 무슨 생각을 하고 있는지 고민하는 것도 잠시, 박희재가 웃으며 입을 열었다.

"우리 대한이가 연락이 없으면 문제가 없는 거겠지. 무소식이 희소식 아니겠어?"

"그래, 어련히 도움이 필요하면 먼저 연락했을 놈인데 연락 없는 걸 보면 필요 없겠지."

그때, 박희재의 휴대폰이 울렸다.

천용득이었다.

"어, 천 중령."

─충성! 선배님, 통화 괜찮으십니까?

"그럼, 당연히 괜찮지."

천용득이 전화한 이유.

당연히 대한이 걱정돼서였다.

천용득은 주창헌이 지원 병력을 뺀 것부터 시작하여 대한이 만들려는 장간과 예산이 부족해 자재조차 제대로 주지 않았다는 걸 모두 고했다.

그러나 천용득의 말이 끝났을 때 박희재가 웃으며 말했다.

"그래서, 대한이가 도와 달라고 하디?"

─괜찮다고만 했습니다. 그런데 이거 정말 괜찮은 거 맞습니

까? 소위라서 그냥 기가 눌려 아무 말도 못 하고 있는 거 아닙니까?

"아냐. 내가 본 그놈은 절대로 우리한테 기가 눌릴 놈이 아니야. 그보다 장간에 나무 얹어서 폭파하려 한다지?"

—예, 그렇습니다.

"신기한 놈이네."

—어떤 게 말입니까?

"그거 교본에도 없는 내용이거든. 근데 행사에는 그렇게 하는 게 맞아. 정말로 철근 전체를 폭파시킬 건 아니잖아? 근데 희한하네. 그런 건 짬 좀 차야 알 수 있는 건데 그놈이 어떻게 아는 거지?"

—선배님이 귀띔 주신 거 아닙니까?

"내가 왜? 답변도 물어봐야 해 주는 거지. 그 뭐냐, 나도 궁금한 사항이니까 네가 한번 잘 조사해 봐. 너 헌병이잖아."

이 뒤로 실없는 농담 몇 줄이 오갔고 통화를 마친 박희재가 이원영에게 통화 내용을 알려 주었다.

그러자 이원영이 클클 웃으며 말했다.

"내일 대대 전술 훈련 안 해도 되겠다."

"아, 왜?"

"사이즈 보니까 갈 필요 없겠는데?"

"그래도 혹시 모르잖아."

"야, 다른 대대에서 말 나와. 그냥 하지 마."

공병단에는 총 3개의 대대가 존재하는데 다른 대대들은 영천이 아닌 다른 지역에 있었고 그 때문에 만나는 일은 거의 없었지만, 평정을 잘 받기 위해 보이지 않는 기 싸움을 엄청나게 하고 있었다.

물론 이 싸움에서 박희재는 제외였다.

애초에 이원영도 박희재에게 평정 챙겨 줄 마음이 없었다.

박희재가 원치 않았으니까. 하지만 평정이랑 별개로 훈련은 반드시 해야 하는 거니 빨리 끝내고 싶었다.

"야, 그래도 대한이가 실수할 수도 있잖아. 너도 실수하는 마당에 대한이라고 안 하겠냐?"

그렇게 말하면 할 말이 없지.

이원영이 조용히 고개를 끄덕이며 말했다.

"그냥 네가 단장하지 그러냐?"

"어유, 난 장성들 전화 받고 싶지 않다."

이원영의 허락에 박희재의 입꼬리가 씨익 올라갔다.

사흘이나 해야 할 훈련을 하루만 하면 된다니.

과정이 좀 이상하긴 했지만 대한이 덕분에 말년이 좀 더 편안해졌다.

✳

야간작업은 조용히, 그리고 신속하게 이루어졌다.

그때 오정식한테 전화가 왔다.

―고아스에서 청구서 보내왔던데 이거 네가 시킨 거 맞냐?

"어, 맞어. 기록해 놓으면 돼."

―이게 뭐야? 가구도 아니고 무슨 원자재를 이렇게 많이 시켰어? 군대서 목공이라도 시작했냐?

"다 나라를 위해 쓰는 거지. 그나저나 너는 제주도에서 잘 놀고 있냐?"

오정식은 현재 대한의 명을 받아 학교 선배와 함께 제주도 부동산을 돌아다니고 있는 중이었다.

대한의 말에 오정식이 울컥 소리쳤다.

―놀아? 내가 놀아 봤으면 억울하지도 않겠다. 이 일이 얼마나 빡센 줄 아냐? 좀 괜찮은 것 같으면 중국인들이 가지고 있고 또 제주도 사람 아니면 땅 안 판다는 사람들이 얼마나 많은데!

"야야, 진정해. 그러니까 내가 천천히 해도 된다고 했잖아."

―새꺄, 내 말 아직 안 끝났어, 끝까지 들어. 여긴 섬이 아니야. 섬은 원래 작아야 하잖아. 근데 왜 차만 타면 1시간은 그냥 넘어가냐고. 아무리 생각해도 네가 날 여기 보낸 건…….

계속 되는 푸념에 대한은 그냥 전화를 끊어 버렸다.

그리고 안도했다.

'휴가 내고 같이 갔으면 큰일 날 뻔했네.'

하마터면 소중한 휴가를 그냥 날릴 뻔했다.

전화를 마친 대한은 작업을 지켜보며 빠르게 지시해 주었고 그 사이 해가 서서히 저물어 갔다.

이 이상의 작업은 목수들에게도 위험할 듯하여 대한이 작업을 중지시키며 말했다.

"오늘은 여기까지만 하시죠. 일당은 약속한대로 드릴 테니 철수하시고 내일 오전에 해 뜨면 다시 합시다. 물론 내일 일당도 드리겠습니다."

그 말에 반장이 시큰둥한 목소리로 말했다.

"그냥 내일 것까지 오늘 주시죠. 대신 오늘 안으로 끝내고 갈게요."

"어두워서 위험하지 않겠습니까?"

"밤에 작업하는 거 하루 이틀도 아니고 이 정도면 그냥 차 라이트만 비춰 줘도 할 수 있습니다."

"예?"

"농담 아닙니다. 작업해야 될 것도 대충 설명받았으니 그냥 퇴근하십쇼. 말씀해 주신 대로 싹 다 해 놓고 갈 테니까. 내일 아침에 보시고 이상하면 말해주세요. 그때 다시 와서 작업해 드릴 테니까."

"그렇다면야……."

거절할 이유가 없다.

사흘 안에 끝내야 될 걸 오늘 하루 만에 끝내 준다는데 누가 거절을 할까?

대한이 고개를 끄덕였다.

"좋습니다. 그럼 정말 오늘내로 일 마무리해 주시면 회식비까지 드리겠습니다."

회식비라는 말에 목수들의 움직임이 더더욱 빨라졌다.

덕분에 대한은 마음 놓고 철수할 수 있었고 박태현은 차에 타자마자 앓는 소리를 시작했다.

"으아, 오늘 진짜 빡셌다."

"오랜만에 몸 쓰니까 힘들지?"

"이건 매일 쓰는 애들도 힘들 겁니다."

"뭐, 얼마나 들었다고 그러냐?"

"뒤에 보십쇼."

대한이 뒷좌석을 바라보자 전찬영과 황재우가 녹초가 되어 쓰러져 있었다.

대한이 헛기침하며 말했다.

"미안하다, 병장이라서 엄살 부리는 줄 알았다."

"그거 다 편견입니다, 편견. 병장들이 가만히 있어서 그렇지, 일 하면 제일 잘합니다."

"아, 예. 대단하십니다."

대한이 박태현의 말을 가볍게 무시하며 전찬영을 살폈다.

"찬영아, 피곤하지?"

"아, 아닙니다. 괜찮습니다."

"아니야, 오늘 고생 많았어. 오늘은 그냥 외식하러 가자."

장은 이미 봤지만 그건 나중에 먹으면 될 일.

게다가 캠핑 감성이라면 어제 잔뜩 느껴 봤으니 오늘은 편리함을 택하기로 했다.

대한은 20분 거리의 번화가로 향했고 먹자골목에 도착하자마자 차에서 내려 식당을 고르기 시작했다.

그때였다.

박태현이 돌연 한쪽을 가리키며 대한에게 말했다.

"소대장님, 저기 유 하사님 아닙니까?"

"유 하사?"

정말이었다.

박태현이 손가락으로 가리킨 식당 안에는 유소연이 있었다.

근데 유소연 혼자 있지 않았다.

맞은편에 앉아 있는 익숙한 인물.

주창헌이었다.

'저 양반이 왜 유 하사랑?'

사복을 입고 있어 순간 아리송했지만 못생긴 얼굴을 보니 주창헌이 확실했다.

대한은 주위를 둘러보았다.

식당에는 주창헌과 유소연 외에는 아무도 없었다.

박태현이 유소연에게 시선을 고정한 채 말했다.

"소대장님, 저희도 그냥 저기 가면 안 됩니까?"

"미쳤냐? 유 하사 앞에 누가 있는지 안 보여?"

"엇, 유 하사님 때문에 미처 못 봤습니다. 근데 왜 저 사람이 저기에?"

두 사람을 지켜보던 박태현이 순간 도끼눈을 뜨며 말했다.

"소대장님, 뭐가 이상합니다. 왜 두 사람만 있습니까?"

"그러게나 말이다."

뭔가 이상했다.

물론 지휘관이 부하들을 격려하고자 맛있는 것을 먹이는 경우야 많다.

하지만 그건 단체 회식이나 밑에 간부 몇 명과 함께 하는 것이 일반적.

저렇게 부하와 단 둘이 회식하는 경우는 거의 없었다.

'물론 전혀 없다고는 할 수 없긴 하지만……'

대한이 두 사람이 있는 간판을 보며 생각했다.

'포차에서 두 사람뿐이라……'

촉이 안 좋았다.

물론 자신이 생각하는 그런 촉이 아닐 수도 있긴 하지만 낮에 주창헌에게 당한 걸 생각하니 왠지 그냥 넘기기가 싫었다.

대한은 잠시 고민 끝에 휴대폰을 들었다.

수신자는 천용득.

이윽고 천용득이 전화를 받았다.

"충성! 대대장님 늦은 시간 죄송합니다."

ㅡ아니야, 그나저나 이 시간에 어쩐 일이야? 뭐 필요한 거 있어?

천용득은 대한이 컨테이너에서 지내는 걸 알았기에 당연히 뭔가 필요해서 전화한 줄 알았다.

하지만 대한에게서 전혀 예상하지 못한 말이 튀어나왔다.

"아닙니다. 그보다 여쭤볼 게 있어서 연락드렸습니다. 혹시 주창헌 중령님은 평소 어떤 분이십니까?"

─주창헌 중령? 다짜고짜 대대장님은 왜 물어보냐? 너 혹시 따로 이야기하려고 그러는 거야?

"대화를 하려는 건 맞는데 상황이 전혀 다릅니다."

─······무슨 말을 하는 거야?

대한은 눈앞의 상황을 천용득에게 설명했고 천용득은 대한의 말이 끝나고도 한동안 입을 열지 않았다.

대한도 그의 말을 조용히 기다렸고 그로부터 한참 뒤, 천용득이 한없이 무거운 목소리로 대한에게 말했다.

─지금 근처에 있나?

"식당 앞에 있습니다."

─이런 부탁해서 미안한데 지금 주창헌 중령한테 자리 마무리하고 복귀하라고 전해 줘라.

"따로 전달하실 말씀 있으십니까?"

─아니, 널 통해서 전달할 내용은 아니다. 마음 같아선 전화하고 싶은데 해 봤자 내 말을 들을 사람은 아니라서 말이야. 그러니 네가 가서 정리 좀 부탁할게. 할 말은 내가 내일 직접 보고 하마.

"바로 연락드리겠습니다."

—미안하다.

미안하긴.

명분이라는 칼을 쥐어 줬는데 오히려 고마웠다.

전화를 끊은 대한이 박태현에게 말했다.

"여기서 대기하고 있어. 금방 다녀올 테니까."

박태현이 고개를 끄덕이며 나머지 두 사람과 함께 대기했고 대한은 바로 식당으로 들어가 문을 열었다.

그런데.

'뭐야, 어디 갔어?'

두 사람이 보이지 않았다.

화장실?

아니.

화장실에도 사람이 없었다.

대한은 식당을 나와 주변을 한번 둘러본 후 다시 천용득에게 전화를 걸었다.

"대대장님, 그 사이에 사라졌습니다."

—벌써?

"예, 아무래도 타이밍이 좀 안 좋았던 것 같습니다."

—두 사람이 같이 있었던 건 확실하지?

"예, 그렇습니다. 병사들도 같이 봤습니다."

—그래, 알겠다. 내가 전화해 보마.

천용득은 서둘러 전화를 끊었고 대한은 주창헌에게 면박 줄 기회를 날린 것을 아쉬워했다.

✳

다음 날 오전.

대한과 병사들은 목수들의 작품을 보고 경탄을 금치 못했다.

"이야."

"엄청나시다."

"목수분들 진짜 대단하신 것 같습니다. 이 정도면 자동차가 지나가도 될 것 같습니다."

전날의 앙상했던 장간은 찾아볼 수가 없었다. 고아스에서 받은 자재들로 바닥을 꽉꽉 채운 완벽한 다리만 있을 뿐.

박태현이 물었다.

"근데 이러면 저흰 뭘 더 해야 합니까?"

"뭐 하긴, 저기서 좀 더 그럴싸하게 만들어야지."

대한이 병사들에게 준비해 온 방진복들을 건넸다.

그것을 본 박태현이 말했다.

"소대장님…… 오늘 몇 도인지 아십니까?"

"더운 거 알지. 근데 이거 안 입으면 전투복 다 버리니까 조용히 하고 입어. 빨리 끝내면 되잖아."

"빨리 끝내면 되는데…… 왜 옷이 3개뿐입니까. 사람이 넷인데?"

"그럼 내가 하리?"

"와."

방진복을 챙겨 온 이유.

다름 아닌 락카 작업 때문이었다.

그도 그럴 것이 장간 자체는 목수들이 완벽하게 만들어 주어 더 이상 손댈 게 없었다.

하지만 중요한 것은 디테일.

대한은 엄두호의 혹시 모를 태클을 방지하기 위해 장간 전체에 색을 입히기로 했다.

"얼른 하고 끝내자."

양손에 락카를 든 병사들이 투입된다.

✳

한편 그 시각, 천용득은 주차장에서 주창헌을 만나고 있었다.

쉽게 떠들 사안이 아니었기에 일부러 주창헌을 아무도 없는 주차장으로 불러 냈고 주창헌은 이에 불만이 많은 듯했다.

"뭔데? 뭣 때문에 바쁜 사람을 왜 오라 가라고 해? 그것도 혼자?"

"죄송합니다. 따로 여쭤볼 게 있어서 그렇습니다."

"에이…… 뭔데?"

"어제 몇 시에 복귀하셨습니까?"

"……내 복귀시간은 왜?"

친근했던 분위기가 순식간에 식었다.

천용득이 이어서 말했다.

"외부 식당에서 대대장님을 봤다는 제보가 들어왔고 시간이 좀 애매해서 여쭤보는 겁니다. 사단장님이 21시 전에 복귀하라고 강조하신 거 기억하고 계시지 않습니까? 혹시나 말 나오면 안 되니까 여쭤보는 겁니다."

"몰라 잘 기억 안 나지. 그걸 어떻게 일일이 다 기억하나?"

"흠, 일단 알겠습니다."

어제 천용득은 대한의 전화를 끊자마자 바로 주창헌에게 전화를 했고 주창헌의 혀 꼬인 소리를 들을 수 있었다.

말인즉, 술을 꽤 마셨다는 말.

그리고 그때 시간이 20시 30분.

복귀하는 중이라 했지만 그 뒤에 연락이 되질 않았기에 정확한 복귀시간은 확인할 수 없었다.

'위병소 기록을 털어 볼 수도 있었지만 그러면 일이 커진다.'

정식적인 행동도 아니었기에 천용득이 욕먹을 행동이었다.

그때 주창헌이 물었다.

"어제 날 봤다는 간부는 누군데?"

"그런 건 말씀드릴 수 없다는 거 잘 아시지 않습니까."

일반 부대 지휘관도 아니고 헌병 대대장이었다.

신고자의 신변 보호는 기본 중의 기본.

천용득의 단호한 목소리에 주창헌은 빠르게 포기했다.

천용득이 이어서 물었다.

"그건 그렇고 어제 누구랑 술 드셨습니까?"

"부하들이랑 먹지 대대장이 누구랑 술을 먹나?"

"정확히 누구랑 드셨습니까? 이건 기억 안 난다고 하지 않으시겠죠."

"……너 지금 뭐 하는 거야?"

가라앉은 공기가 싸늘하게 바뀌었다.

하지만 천용득은 전혀 겁먹지 않았다.

그는 헌병이었으니까.

천용득은 대답 대신 굳은 눈빛을 유지했다.

그에 주창헌이 버럭 화를 냈다.

"야, 이렇게 밖에서 고생하는 지휘관한테 부하들 데리고 회식 한 번 했다고 죄인 취급을 해? 이 싸가지 없는 새끼가 선배한테 할 말이 있고 안 할 말이 있지. 너 내가 동기들한테 사발한번 풀어 줘? 어!"

방귀 뀐 놈이 성낸다고 덕분에 의심만 가중됐다.

하지만 더 이상의 대화는 의미가 없어 보였다.

의심이야 들었지만 일단은 한발 물러날 때라고 생각하고 고개를 살짝 숙였다.

"……죄송합니다. 대대장님. 그래도 제가 헌병인데 사단에 있는 일은 다 알아야 하지 않겠습니까. 사단장님께서 요즘 예민하셔서 저도 좀 과했던 것 같습니다. 너그럽게 봐 주십쇼."

"하, 새끼…… 아무리 그래도 선배 의심하는 거 아냐, 자식아. 다음부턴 조심해라. 그냥 안 넘어간다."

"예, 조심하겠습니다. 시간 뺏어서 죄송합니다."

주창헌은 천용득의 사과를 제대로 받지도 않고 도망치듯 주차장을 벗어났다.

천용득은 그런 주창헌을 시야에서 사라질 때까지 날카로운 눈빛으로 응시했다.

✳

주창헌을 보낸 천용득은 이어서 대한을 불렀다.

자초지종을 들은 대한이 한숨을 쉬며 말했다.

"확실히 수상한 것 같습니다."

"그치? 그래도 별일 아니면 좋겠다. 애초에 이런 일은 일어나지 않은 게 제일이니."

"저도 그렇게 생각하지만 애초에 중령이랑 하사가 어울리는 조합은 아니지 않습니까. 분명 뭔가 있습니다."

"그것도 그렇긴 하지. 그보다…… 넌 정말 이번 일에 개인감정 섞여 있는 거 아니지?"

"어떤 감정 말씀이십니까?"

대한은 모른 척 물었다.

사실 개인적인 감정이 좀 섞이긴 했다.

주창헌과는 파견 온 첫날을 제외하곤 매일같이 부딪히고 있었으니까. 그런 상황에서 개인적인 감정이 안 섞였다고 하면 그건 거짓말.

천용득이 대답했다.

"그 여하사한테 관심 있어서 이러는 거면 그만둬라. 오히려 그 하사를 더 힘들게 하는 짓이야."

이건 또 뭔 소리야?

대한이 미간을 좁히며 물었다.

"그건 또 무슨 말씀이십니까?"

"아냐? 여하사한테 관심 있는 거?"

"……절대 아닙니다."

뭔 소리를 하나 했네.

그러나 천용득은 반쯤 확신하고 있었다.

"정말?"

"예."

"그럼 다행이고. 아무튼 이번 일 덕분에 한동안 유 하사를 건들진 못할 거다."

"겁나서 말입니까?"

"그래. 누군가 보고 있다는 걸 알게 됐는데 어떻게 건드려?

조사는 천천히 하면 돼."

"그게 의미가 있습니까?"

"뭐?"

"굳이 밖이 아니라도 건드리는 건 안에서도 얼마든지 할 수 있습니다."

"……예를 들면?"

"꼭 같이 밥을 먹거나 술을 마셔야 괴롭히는 게 아닙니다. 격려를 빙자한 스킨십을 한다든지 하는 것들 말입니다. 그리고 저는 이번 사건의 피해자가 유 하사 한 명뿐만이 아닐 수도 있다고 생각합니다."

대한은 확신에 찬 투로 말했다. 그도 그럴 것이 이런 사고에 피해자는 늘 하나가 아니었으니까.

게다가 이번 일은 과거, 대한이 인사 쪽에서 근무할 때 봤던 사건들 중 하나와 굉장히 흡사했다.

유소연이 일에 파묻혀 있는 것도 그렇고 당직 근무 끝나고 퇴근을 안 시키는 것도 그렇고 같은 케이스가 아닐까 싶을 정도로 비슷했다.

그래서 의견을 한번 내본 것이다.

사람들의 상상력은 다 비슷해서 범행 패턴이나 동기는 다 비슷하니까.

그래서일까?

대한의 의견을 들은 천용득은 갑자기 뒤통수라도 얻어맞은 것처럼 머리가 멍해졌다.

이렇게 간단한 사실조차 유추 못 하고 있었다니.

갑자기 자신이 헌병이라는 게 부끄러워졌다.

그도 그럴 게 사건 수사의 기본조차 잊고 있었으니까.

'내가 나이를 먹긴 했나 보네.'

생각해 보면 헌병대대장이 된 이후론 직접 찾아 나서기는커
녕 다 차려진 밥상에 숟가락이나 얹으며 살았다.

그래서 대한에게 고마움을 느꼈다.

천용득이 대한을 끈적끈적한 눈빛으로 바라보자 살기를 감
지한 대한이 물었다.

"……왜 그렇게 보십니까?"

"아냐, 아무것도. 그보다 너 진짜 헌병 안 올래?"

"괜찮습니다. 전 공병이 좋습니다."

"거절이 너무 빠른 거 아니냐? 진짜 한번 생각해 보라니까?
내가 팍팍 밀어줄게."

"아닙니다, 괜찮습니다."

이 양반이 자꾸 왜 이래?

대한이 서둘러 자리를 벗어났다.

✳

락카 작업은 해가 거의 질 때쯤 마무리가 되었다.

박태현이 락카통을 바닥에 던지며 쓰러졌다.

"와, 끝났다."

"고생하셨습니다."

"너희도 고생 많았다. 얼른 누워."

그 말에 전찬영과 황재우도 얼른 누워 숨을 골랐다.

그쯤 대한이 나타났다.

"다 했네? 고생 많았다."

"저희 진짜 죽는 줄 알았습니다. 방진복이 어찌나 더운지. 지금 전투복 짜면 물 10리터는 나올 겁니다."

"오버하긴. 그래도 잘했네. 보상으로 저녁은 바비큐 파티다."

"맥주도 주십니까?"

"고기도 뺏기고 싶냐?"

"저 사실 음료수 좋아합니다."

"그래, 얼른 움직이자."

병사들의 활약으로 장간 꾸미기가 거의 마무리되었다.

이대로면 사단장도 별소리 못 할 터.

대한은 고생한 병사들을 씻긴 다음 바비큐 파티를 준비했다.

다들 땡볕에 고생했으니 고기 정도는 직접 구워 줄 생각이었다.

그렇게 식사와 휴식 시간이 이어지길 한참, 피곤한 병사들이 먼저 들어가서 잠들었을 때쯤 뜬금없이 이영훈에게 전화가 왔다.

"충성. 무슨 일이십니까, 중대장님?"

그때, 전화기 너머로 시끄러운 소리들이 들려왔다.

카앙! 카앙!

음?

이건 장간을 내려칠 때나 들리는 소리인데?

근데 지금은 20시가 넘었잖아?

수화기 너머로 이영훈의 목소리가 들려왔다.

—뭔 일이긴. 꼭 무슨 일이 있어야 너한테 전화를 하냐?

"그건 아니지만…… 주변이 시끄러운데 뭐 하고 계십니까?"

—뭐 하긴, 너 지원 갈 준비하고 있지.

"지원이라니…… 그게 무슨 말씀이십니까?"

갑자기 지원이라니?

이영훈이 말했다.

—뭘 모르는 척이냐. 네가 사단장님한테 그랬다면서? 준비한 거 마음에 안 들면 공병대 출동시켜서라도 장간 만들어 주겠다고. 그래서 우리도 미리 준비를 하는 거지.

"아……!"

그 말에 대한은 순간 감동하고 말았다.

자신이 뱉은 말이 그런 결과를 낳았을 줄이야.

그렇기에 더 감사했다.

이건 일개 소위의 말을 전적으로 존중해 주고 있다는 뜻이었으니까.

그렇기에 씩씩하게 대답했다.

"감사합니다, 중대장님. 그래도 내일 지원 안 나오실 수 있게 끔 잘하겠습니다."

―그게 어디 네 맘대로 되냐? 사단장님 마음이지. 그래도 너무 부담 가질 필요는 없어. 덕분에 우리도 겸사로 전술훈련 하는 거니까.

"전술훈련 말씀이십니까?"

―어, 단장님이랑 대대장님이 배려해 주셔서 사흘짜리를 하루 만에 끝내게 됐다. 어찌 보면 잘된 일이지.

아.

그렇게 된 거군.

확실히 그렇게 말하니 부담이 덜하긴 했다.

동시에 이원영과 박희재가 기특하다는 생각이 들었다.

생각 이상으로 이번 일을 유도리 있게 잘 처리해 준 것도 준 거지만 자신을 생각해 줬다는 마음이 어여쁘게 느껴졌기 때문이다.

게다가 무엇보다도.

'돌아가면 전술훈련 안 해도 되겠네.'

그게 가장 좋은 일이었다.

이영훈이 말했다.

―암튼 그거 말해 줄려고 전화했다. 그럼 내일 보자. 뭐, 안 볼 수 있으면 제일 좋겠지만.

"하하, 빌 일 없도록 제가 잘하겠습니다. 그럼 고생하십쇼."

─그래.

통화가 끝난 후, 대한은 타닥타닥 타들어 가는 모닥불을 보며 미소를 지었다.

모닥불 때문이 아니라도 가슴 한편이 따뜻해짐을 느꼈기에.

그렇게 홀로 불을 쬐기를 얼마간 저 멀리서 웬 낯선 차 한 대가 들어오기 시작했다.

'차?'

이 시간에?

자세히 보니 유소연의 차였다.

'유 하사가 지금 왜?'

확실했다.

근데 지금 왜 온 거지?

설마 야근?

참 불쌍하네…….

대한은 불쌍한 유소연을 위해 음료수 두 캔을 미리 꺼내 두었다.

그런데 유소연은 차에서 멈춘 지 몇 분이 지나도 나오지 않았다.

그렇게 십여 분 정도가 지났을 때 유소연의 차가 다시 움직이기 시작했다.

'음?'

조용히 들어온 차는 다시 조용히 나갔다.

뭐지?

대한은 궁금했지만 더 이상의 관심은 거두기로 했다.

✳

다음 날 07시 30분.

대한은 일부러 행사장에 가장 먼저 도착했다.

박태현이 피곤함에 몸을 떨며 말했다.

"으…… 소대장님, 오늘 사단장님이 일찍 안 오면 그냥 하루 종일 여기서 대기하는 거 아닙니까?"

"그렇지?"

"하, 그럼 너무 일찍 온 거 아닙니까?"

그 말에 대한이 웃었다.

모르는 소리하고 있네.

군에 특이한 사람…… 아니, 사람 괴롭히는데 특화된 사람이 얼마나 많은데.

특히 이번 일처럼 사단장이 벼르고 있을 땐 차라리 일찍 나와 있는 게 좋다.

만약 늦게 나온다면 굳이 사단장이 아니더라도 다른 사람들이 태클을 걸 게 뻔했으니까.

"아니, 지금이 딱 좋아. 내 생각이 맞으면 사단장님은 일과 전에 오실 것 같거든."

"사단장님이 그렇게 부지런하십니까?"

"상황이 상황이잖냐. 보면 알아."

박태현은 이해 못 하겠다는 듯 고개를 저었지만 대한은 신경 쓰지 않았다.

그때, 대한보다 뒤늦게, 하지만 평소보단 빨리 온 주창헌이 차에서 내리자마자 호통을 치기 시작했다.

"어제 전파한대로 빨리 움직여! 시간 없다!"

그 모습을 본 박태현이 물었다.

"저긴 왜 저렇게 난리법석입니까? 저기는 사단장님한테 약속한 게 없지 않습니까?"

"약속한 건 없지. 근데 눈치가 있으면 오늘까지 완료해야지."

만약 오늘 장간이 완료되기라도 하면 그때는 저쪽이 큰일 날 테니까.

그렇기에 아마 저기도 꽤 바빴을 것이다.

신경 안 쓰는 척 했겠지만 간간히 와서 진척도를 확인하고 갔을 게 뻔했다.

그때, 주창헌이 유소연을 불렀다.

"유 하사! 준비하라고 한 거 가지고 와."

"예, 바로 가지고 오겠습니다!"

유소연은 헐레벌떡 차에서 브리핑 보드를 들고 왔고 주창헌은 유소연이 만든 브리핑 보드를 확인하고는 유소연의 어깨를 주무르며 칭찬했다.

"시간이 빠듯했을 텐데도 잘했네."

"감사합니다."

"그래, 현장에 배치해 두고 내 지휘봉도 좀 챙겨 놔."

"예, 알겠습니다."

대한은 조용히 그 광경을 보았다.

그리고 미간을 찌푸렸다.

그도 그럴 게 칭찬받는 유소연의 표정이 밋밋하게 죽어 있었기 때문. 게다가.

'설마 저걸 혼자 다 만든 건가? 저거 생각보다 꽤 오래 걸리는 작업인데.'

브리핑 보드를 수도 없이 만들어 본 대한이었기에 유소연이 얼마나 고생했는지 눈에 선했다.

그래서 더 의아했다.

대한은 유소연이 맡아서 하고 있는 일들이 얼마나 많은지 알고 있었으니까.

대한은 잠시 그녀를 지켜보던 끝에 말했다.

"태현아, 가서 유 하사 좀 도와드리고 와라."

"예, 알겠습니다!"

유소연을 도우라는 말에 박태현은 순식간에 날아가 유소연의 차에서 브리핑 보드를 세울 거치대를 꺼내 들었다.

그 모습을 본 유소연은 그제야 웃기 시작했고 그 모습을 본 대한은 눈살을 가늘게 좁히며 고개를 끄덕였다.

'저렇게 잘 웃는데…… 역시 주창헌 그 자식이 수상해.'

이내 브리핑 보드가 설치된 후, 유소연이 대한에게 다가와 인사했다.

"충성! 편히 쉬셨습니까."

"충성. 예, 좋은 아침입니다."

"도와주셔서 감사합니다."

유소연이 대한에게 고마움을 표하자 박태현이 조용히 구시렁거렸다.

"유 하사님, 섭섭합니다. 도와드린 건 접니다만."

"하하, 그래. 너도 고마워."

박태현의 투정을 유소연은 귀엽다는 듯 받아 주었다.

대한은 박태현에게 담배 좀 피우고 오라고 한 뒤, 유소연에게 물었다.

"그나저나 유 하사는 맡고 있는 보직이 뭡니까?"

"인사행정담당관입니다."

"그래서 병력 없이 움직이고 계시구나."

"예, 그렇습니다."

어쩐지.

그제야 주창헌에게 직접 불려 다니는 게 이해가 되었다.

대한이 이어서 물었다.

"그나저나…… 주차장에는 자주 쉬러 오시나 봅니다?"

"주차장…… 아, 어제 혹시 보셨습니까?"

"일부러 보려던 건 아니고 밤에 차가 들어와서 보일 수밖에 없었습니다."

"죄송합니다. 제가 자주 쉬는 곳이라서 어제 저도 모르게 그리로 간 것 같습니다. 근데…… 제가 쉬러 온 건 어떻게 아셨습니까?"

"사람 사는 거 다 비슷하지 않겠습니까. 숙소나 부대 말고 나 혼자 오롯이 쉴 수 있는 공간이 얼마나 된다고."

그 말에 유소연이 살포시 웃었다.

"김 소위님은 참 재밌는 분 같습니다."

"제 얼굴이 좀 웃기게 생기긴 했습니다."

그 말에 또 한 번 웃는 유소연.

그때, 행사장 입구가 소란스러워지기 시작했고 박태현이 헐레벌떡 달려와 말했다.

"소대장님! 사단장님 오셨답니다."

그 말에 대한이 피식 웃으며 말했다.

"거 봐, 내가 일과 전에 오실 거라고 했지?"

"대체 어떻게 아셨습니까? 진짜 대단하십니다."

"됐고, 슬 준비나 하자."

"예!"

결전의 시간이 다가왔다.

✱

엄두호는 전속부관이 직접 운전하는 차를 타고 행사장에 도착했다.

뒤이어 천용득과 다른 참모들의 차량까지 모습을 보였고 주창헌은 서둘러 입구로 뛰어갔다.

대한은 여유롭게 자리를 정리하며 박태현에게 말했다.

"뒤에 가만히 서 있어."

박태현과 병력들은 긴장한 채로 대한의 지시에 따랐고 유소연이 눈치를 보며 말했다.

"김 소위님, 파이팅입니다."

"예, 감사합니다. 유 하사도 얼른 가 보십쇼. 여기 있으면 안 되지 않습니까."

"예, 알겠습니다. 충성!"

대한은 뛰어가는 유소연을 보며 자신의 주변을 보았다.

대한에게는 저쪽과는 달리 브리핑 보드도 없었다.

그도 그럴 게 준비를 할 수가 없었으니까.

'컴퓨터도 없는 컨테이너에서 뭘 하겠어. 그렇다고 부대에 갔다 올 수도 없잖아?'

퀄리티만 보면 주창헌이 준비한 것과는 확연한 차이가 있어 보였다.

하지만 대한은 자신이 있었다.

'소위나 하사도 아니고 소장인데…… 딱 보면 아는 거지, 뭐.'

호랑이도 제 말하면 온다고, 저 멀리서 별이 다가오는 게 보였다.

대한이 병력들의 상태를 한번 살핀 후 말했다.

"부대 차렷! 사단장님께 대하여 경례!"

"충! 성!"

그러나 엄두호는 경례를 받지도 않고 대한을 보자마자 대뜸 경고부터 날렸다.

"설마 죄송하다거나 준비가 덜 됐다는 말은 하지 않겠지?"

설마요.

근데 그게 일과 시작 전에 온 사람의 입에서 나올 말인가?

어이가 좀 없었지만 씩씩하게 대답했다.

"오늘까지 준비를 완벽하게 하겠다고 약속드렸고 사단장님과의 약속을 어길 생각은 없습니다."

"아직 입이 살아 있는 걸 보니 뭘 하긴 했나 보네. 그래, 어디 한번 시작해 봐라."

"알겠습니다. 그럼 장간을 한번 봐주시겠습니까?"

대한이 손으로 장간을 가리켰고 손끝에는 실제 다리와 흡사한 장간이 완성되어 있었다.

엄두호는 처음 보는 장간의 모습에 대한을 향해 물었다.

"뭘 해 놓은 건지 모르겠다만 내가 아는 장간의 모습이 아닌데?"

"예, 처음 보시는 형태가 맞으실 겁니다. 원래 쓰일 장간 자재들을 대신해 제가 조달한 나무들로 완성을 했기 때문입니다."

"나무로? 왜지?"

"연출을 위해서입니다. 다리가 무너지는 게 아니라 아예 사라지게 만들어 버리기 하려고 그랬습니다."

이런 보여 주기식 행사는 무조건 화려해야 했다.

군대는 보여주는 게 전부니까.

그러나 엄두호는 대한의 말에 콧방귀를 뀌며 말했다.

"분명 장간 자재가 아깝다고 하지 않았나? 그걸 제대로 예방할 줄 알았더니 전혀 아닌데?"

"예, 맞습니다. 여전히 폭파로 손상을 입을 자재들이 아깝지 않은 것은 아닙니다. 하지만 어느 정도는 피해를 감수해야 최선의 결과를 볼 수 있기에 저는 이를 투자라고 생각합니다."

투자라는 말을 들은 엄두호는 비웃었다.

"투자? 투자를 할 거면 제대로 해야지, 저런 거 가지고 뭐 티나 나겠어?"

"예, 확실하게 티가 나도록 준비했습니다. 그리고 오히려 장간을 완전히 구축하면 효과가 미비할 수도 있습니다. 또 참석자들이 눈으로 볼 수 있는 거리에서 폭파를 실시하기에 폭약도 충분히 사용하지 못할 겁니다."

폭약이라는 말에 엄두호의 표정이 바뀌었다.

"폭약량까지 생각했다고?"

"당연히 고려해야 된다고 생각합니다. 폭약량을 생각해야 장간을 보다 효율적으로 터뜨릴 수 있으니 말입니다."

"으음."

엄두호의 비웃음이 그쳤다.

그도 그럴 게 수많은 장교들이 놓치는 점이 바로 폭약량인데 정말 오래만에 폭약량을 언급하는, 심지어 소위가 그 사실을 언급하여 매우 흡족했기 때문이다.

엄두호의 표정 변화를 눈치챈 대한이 속으로 웃으며 말했다.

"그럼 이제 폭파 자리를 한번 검토 해 주시겠습니까?"

"흐음…… 그래, 한번 가 보자."

대한은 장간에 도착하자마자 빨간 락카로 표시해 둔 곳을 가리키며 말했다.

"합판으로 만들어 놓은 상판(다리 위를 지나갈 대상을 직접 지지하는 부분)은 모조리 날려 버릴 예정이고, 이 과정에서 파편들이 사방으로 흩어지도록 위, 아래 모두 폭약을 설치할 예정입니다."

"그리고?"

"장간 특성상 교각(상판의 무게를 땅으로 전달하는 부분, 다리의 중간에 설치되는 것.)이 없기에 중앙에 있는 철근만 제대로 폭파시킨다면 장간 전체가 바닥으로 사라지는 효과를 낼 수 있습니다. 그렇기에 장간의 3분의 1지점과 3분의 2지점에 폭약을 집중 설치하여 장간을 끊어 버릴 예정입니다."

사실 이 부분이 가장 중요했다.

합판으로 만든 상판이야 당연히 산산조각 날 테지만 철로 된 장간 자재는 폭약 한 번으로 부족할 수도 있었다.

그러니 아예 철을 녹여 버릴 생각으로 폭약을 투입해야 했다.

엄두호가 장간을 보며 물었다.

"생각보다 멀지 않은 거리인데 폭약을 많이 투입해도 괜찮겠나."

"예, 방향 발파를 실시할 예정으로 이어 플러그만으로 피해 예방은 충분할 것입니다."

엄두호는 대한이 장간에 락카칠을 해 놓은 모양을 살폈다.

합판과 달리 장간 자재에는 행사장 쪽에만 락카칠이 되어 있었다.

고개를 끄덕이는 한편, 문득 작은 의문이 하나 들었다.

"그나저나 발파는 확실히 할 줄 알고 이야기하는 거냐?"

엄두호의 입장에서는 굉장히 합리적인 의심이었다.

그도 그럴 게 이것을 준비한 건 다름 아닌 경험이 부족한 소위였으니까.

그 물음에 대한이 장간을 가리키며 말했다.

"전색(폭발의 충격 및 압력이 한쪽 방향으로 집중 전달되도록 물질로 감싸는 것)을 제대로 실시하면 됩니다."

이는 공병학교에서 가르쳐 주었던 아주 기본적인 내용이었다.

엄두호도 몰랐던 사실은 아니었기에 대한의 말에 고개를 끄덕일 수밖에 없었다.

　그렇게 얼마간 장간을 살펴보던 엄두호는 같이 온 중령 하나를 불렀다.

　"공병대대장, 이리 와 봐."

　"예, 사단장님."

　"바쁜데 불러서 미안하게 생각하네."

　"아, 아닙니다. 괜찮습니다!"

　"그래, 보니까 어떤가?"

　엄두호가 부른 중령.

　다름 아닌 50사단 예하의 공병대대장이었다.

　이번 점검을 위해 일찍이 데려온 것.

　엄두호의 물음에 공병대대장은 얼마간 장간을 살피더니 자기도 모르게 살짝 감탄하며 대답했다.

　"……현 상황에서 폭파의 효과도 이것보다 잘 보여 줄 수 없을 것이고, 문제는 폭파의 방향인데 전색만 잘 실시한다면 큰 문제는 없을 것으로 판단됩니다. 사단장님의 의도에 딱 맞는 준비라고 생각됩니다."

　"그래?"

　공병대대장의 칭찬에 대한이 속으로 웃었다.

　그래.

　다른 사람은 몰라도 당신은 내 편을 들어줘야지.

그도 그럴 게 대한이 아니었으면 본인이 와서 해야 할 일이었으니까.

실제로 공병대대장 또한 대한에게 몹시 고마움을 느끼고 있었다.

그렇기에 대한은 눈치껏 한마디 더 얹었다.

"전색은 고무찰흙으로 실시할 예정이고 대용량으로 주문을 시켜놓은 터라 폭파 방향 설정에 문제는 없을 것입니다."

"공병학교에서 교육을 잘 받았나 보네. 그래, 다른 것보다 고무찰흙이 잘 어울릴 것 같다."

"꼼꼼하게 잘 실시하겠습니다."

완벽한 티키타카.

공병대대장의 대답에 엄두호가 고개를 끄덕이며 말했다.

"그래, 바쁜 와중에 와 줘서 고맙다. 이제 됐으니 얼른 가 봐."

"예, 알겠습니다. 충성!"

빠르게 퇴장하는 공병대대장.

엄두호는 공병대대장이 떠나고도 한참이나 침묵을 지켰고 이내 대한을 향해 입을 열었다.

"잘 준비했네."

"감사합니다."

"생각했던 것 이상으로 잘했어. 근데 말이야…… 이렇게 잘하면서 단장한테는 왜 연락했나?"

그렇군.

그게 거슬렸던 거였어.

대한은 잠시 고민한 끝에 대답했다.

"그 부분은 아무래도 오해가 있으신 것 같습니다. 저는 사단 장님을 만나 뵙고 부대로 먼저 연락한 적이 없습니다. 이는 지금까지도 마찬가지입니다."

"……연락한 적이 없다고?"

"예, 그렇습니다."

그런데 이원영은 왜 청탁한 거지?

엄두호는 고개를 갸웃할 수밖에 없었다.

하지만 편견을 벗고 대한을 보고 있자니 대한이 거짓말하는 것으로 보이진 않았다.

그렇다면 답은 한 가지뿐.

'누군가 대신 현장 이야기를 전달해 줬나 보군.'

엄두호는 뒤따라 다니던 참모들을 보았다.

참모들은 엄두호의 눈길에 어색하게 미소만 띠울 뿐 그들 중 누가 범인인지는 알 수가 없었다.

그도 그럴 게 천용득도 모른 체 하고 있었으니까.

한숨을 푹 내쉰 엄두호가 대한에게 말했다.

"그래. 그건 아무래도 내가 오해를 했었나 보다. 미안하다."

엄두호의 사과에 대한은 깜짝 놀랐다.

살다살다 사단장한테 사과를 받다니?

그렇기에 얼른 대답했다.

"아닙니다. 괜찮습니다."

"사과를 받아 주는 건가?"

"예, 오해는 언제나 생길 수 있는 것 아니겠습니까."

"그래, 김 소위가 대인배구나."

엄두호의 웃음에 참모진은 물론 지켜보던 모든 사람들 또한 그제야 안도의 한숨을 내쉬었다.

특히 천용득이 가슴을 쓸어내렸다.

이윽고 엄두호는 대한에게 아껴 두었던 칭찬을 시작했다.

"대인배는 물론이고 아주 만족스럽다. 이럴 줄 알았으면 그 냥 김 소위가 말한 날까지 가만히 기대만 하고 있을 걸 그랬어."

"사단장님께 약속드린 거라 최선을 다했습니다."

"그래 보이는구나. 그나저나 합판은 어떻게 구한 거지? 부대에 말 안 했다면서?"

아.

하필 그걸 물어보냐.

하지만 엄두호 입장에선 물어볼 만했다.

저정도로 많은 자재들이면 최소한 공병단이나 주창헌의 부대에 도움을 받았을 테니까.

그래서 물어본 것이다.

잘 도와줬다고 도움을 준 부대에도 칭찬을 하기 위해.

대한도 그 의도를 알고 있었기에 잠시 고민한 후 대답했다.

"실은 제가 사회에 있을 때 우연히 알게 된 지인분한테 얻었습니다.”

“지인이 이걸 보내 줬다고?”

“예, 그렇습니다. 합판을 많이 가지고 계신 분이기도 한데다 애국심이 투철한 분이시라 흔쾌히 도움을 주셨습니다.”

그 말에 엄두호는 미간을 좁히더니 천천히 고개를 끄덕였다.

“역시 인재 옆에는 사람이 따른다더니…… 그런 분한테는 내가 직접 감사 인사를 드려야지. 좀 있다가 연락처라도 좀 알려 줘라.”

연락처요?

어우, 그건 좀.

대한이 손을 내저으며 말했다.

“아, 아닙니다. 알려지길 원하시는 분이 아니라 제가 대신 전달해 드리겠습니다.”

“그래? 그럼 알겠다. 나 대신 김 소위가 알아서 잘 이야기해라.”

“예, 알겠습니다.”

대한은 엄두호가 억지를 부리지 않아서 참 다행이라고 생각했다.

이어서 엄두호가 대한의 어깨를 툭툭 두드리며 말했다.

“일전에 내가 김 소위에게 했던 말들은 잊어 주길 바란다. 내가 참 경솔했어.”

“죄송합니다. 제가 기억력이 좋지 않아 그때 무슨 말씀을 하셨는지 잊어버렸습니다. 다시 한번 말씀해 주시겠습니까?"

"하하, 김 소위! 이 친구 재밌는 친구였구만? 그래, 장간은 더 이상 손댈 게 없어 보이는구나. 행사 당일 폭약 설치만 제대로 해."

행사 당일이라니?

컨테이너가 아무리 낭만이 있어도 장간이 마무리되면 바로 복귀하려고 했다.

근데 갑자기 이러시면……

하.

대한이 속으로 한숨을 내쉬었다.

'뭐 어쩌겠어. 사단장이 까라면 까야지.'

대한이 이를 꽉 물고 억지로 웃어 보이며 말했다.

"예, 알겠습니다!"

"허허, 든든하구나. 요즘 소위들도 이런 패기랑 실력이 있다니 놀라워."

말을 마친 엄두호는 이어서 주창헌의 보고를 받기 위해 자리를 이동했다.

자리를 이동하며 엄두호가 주창헌에게 물었다.

"그래, 우리 대대장은 소위보다 훨씬 더 잘 준비했겠지?"

"예? 아, 예! 물론입니다!"

주창헌의 등줄기에 식은땀이 흐르기 시작했다.

Chapter 3

엄두호는 주창헌의 보고를 듣는 내내 인상을 썼다.

"그만, 그만!"

주창헌은 지휘봉을 내림과 동시에 고개를 숙였다.

대답도 하지 못했다.

엄두호가 뿜어내는 기세에 짓눌렸기 때문이다.

엄두호가 싸늘한 목소리로 물었다.

"대대장."

"예, 사단장님!"

"자네는 이걸 지금 준비랍시고 나한테 보여 주는 건가?"

"그, 그게…… 사실 오늘 오후까지면 다 마무리할 수 있었는데……."

"지금 변명하나?"

주창헌은 아무런 말도 하지 못했다.

그저 일이 꼬였음에 이를 꽉 깨물었다.

말도 제대로 못 할 줄 알았던 소대장 놈이 그렇게 잘할 줄 누가 알았겠는가?

덕분에 자신만 난처하게 됐다.

엄두호의 말이 이어졌다.

"지원 나온 소위도 사흘이면 다했는데 시간이 부족했단 소리가 나와?"

"죄, 죄송합니다…… 시간을 조금만 더 주시면 브리핑드렸던 대로……."

"브리핑 내용이 거지 같은데 뭘 브리핑대로 하겠다는 말이야!"

결국 엄두호는 폭발하고 말았다.

사실 이 정도면 꽤 많이 참았다.

그도 그럴 게 엄두호는 주창헌이 보고한 것 중 마음에 드는 게 단 하나도 없었으니까.

그때, 천용득이 조용히 엄두호에게 말했다.

"사단장님, 보는 눈이 많습니다."

"……하, 나도 알아."

폭발한 엄두호의 목소리가 어찌나 크던지 저 멀리서 구경하던 대한의 귀에까지 들렸다.

그래서 슬쩍 말려 본 건데 별로 도움은 안 되는 듯했다.

엄두호가 주창헌을 노려보며 말했다.

"설명도 거지 같은데 실제로 보면 얼마나 거지 같겠어. 안 그래?"

"그래도 보면 좀 다르지 않……."

"자넨 옷 벗으면 뭐 할 건가?"

"예……?"

"군 생활이 안 맞는 거 같아서. 내가 벗겨 줄까?"

"아, 아닙니다!"

주창헌이 화들짝 놀라며 대답하자 엄두호는 고개를 내저었다.

"지금은 변명이 아니라 죄송하다고 하고 내가 마음에 들 만한 제안을 하는 게 맞는 거 아닌가? 자네가 하고 싶은 대로 하고 싶었으면 좀 더 일찍 군대 들어와서 사단장 하지 그랬나?"

주창헌의 얼굴이 벌게졌다.

이 정도로 혼날 줄은 몰랐기 때문이다.

그러나 엄두호는 자신의 질책이 심하다고는 조금도 생각하지 않았다.

오히려 모자라다고 여겼다.

"쯧, 사단장 달고 중령한테 이런 식으로 혼낼 줄은 몰랐다. 굉장히 실망이야."

"……죄송합니다."

"나한테 할 말 있나? 없으면 내 지침 따르든가."

"……따르겠습니다."

그 말에 엄두호가 시선을 옮겨 천용득에게 말했다.

"헌병대대장, 김 소위 좀 오라고 하게."

"예, 알겠습니다."

지금 이 타이밍에 갑자기 김 소위를?

천용득은 그 이유가 궁금했지만 일단 군소리 없이 대한을 호출했다.

잠시 후, 갑작스러운 호출에 대한이 헐레벌떡 뛰어왔고 엄두호는 다짜고짜 질문을 날렸다.

"폭파는 공병이지?"

갑자기 이게 무슨 소리야?

근데 폭파가 공병의 주요 임무긴 했다.

부대마다 다르긴 했지만 어쨌든 사단장이 물으니 얼른 고개를 끄덕이며 대답했다.

"예, 맞습니다."

"그럼 김 소위가 이것도 준비해 봐."

"……잘못 들었습니다?"

"공병대대장이 행사장을 떠났으니 여기서 폭파는 자네가 제일 잘 알 거 아닌가. 어차피 행사 당일까지 할 것도 없을 텐데 나머지 행사 준비까지 해 봐."

뭐라고요?

아, 진짜 장난이 심한 양반이네.

그러나 엄두호는 물론 주변 참모들의 표정은 진지했다.

'아, 미친.'

대한은 속으로 얼굴을 구겼다.

난 소위라고!

소령이면 이해라도 하지 일개 소위한테 뭘 이렇게 많이 시키는 거야?

하지만 대답은 정해져 있었다.

대한은 소위였으니까.

"……예, 알겠습니다. 대대장과 대대 병력들을 도와 잘 준비해 보겠습니다."

그래도 선은 확실히 그었다.

메인은 주창헌이라고.

하지만 한낱 소위의 꼼수가 보였는지 엄두호는 그 선을 다시 지워 버렸다.

"아니, 대대장과 병력들이 자네를 도울 거야."

아, 미치겠네.

이 양반은 대체 왜 이러는 거야?

안에서 고래고래 소리를 지르더니 무슨 일이 있긴 있었던 모양.

그때, 대한의 시야에 주창헌과 천용득의 표정들이 보였다.

천용득은 대한을 짠하게 쳐다보고 있었고 주창헌은 금방이라도 대한을 찢어 죽일 듯이 노려보고 있었다.

눈치가 있으면 거절하라는 뜻에서의 눈빛이었다.

사실 욕을 얼마나 처먹던 이건 거절하는 게 맞았다.

지휘체계를 무시할 수도 있는 지시였으니까.

하지만.

'저놈 저거 눈깔 봐라?'

중령님, 눈을 왜 그렇게 떠요?

나 싫어하죠?

대한은 갑자기 심술이 돋았다.

"예, 알겠습니다! 기대를 저버리지 않겠습니다!"

"하하, 그래. 이렇게 시원시원한 맛이 있어야지."

"지침 주실 것 있으십니까?"

"아니, 전혀. 자네가 하고 싶은 대로 해 봐. 3일이면 충분하나?"

"예, 충분합니다."

"그래, 그럼 그때 와서 보겠네. 그때까지 잘 준비해 보게."

엄두호는 전속 부관을 향해 일정을 비워 놓으라 말한 뒤 대한에게 물었다.

"혹시 필요한 거 있으면 말해. 지금 생각 안 나면 나중에 연락하든지."

이건 진심이었다.

대한은 보여 준 게 있었으니까.

그 물음에 대한은 조금도 망설이지 않고 곧장 대답했다.

"그럼 저희 애들 휴가를 좀 챙겨 주셨으면 좋겠습니다."

그 말에 엄두호의 눈이 잠깐 커졌다.

이놈 봐라?

행사 준비에 필요한 걸 이야기하랬더니 갑자기 휴가?

능력 없는 놈이 저런 말을 했으면 욕부터 했겠지만 대한이 한 말이라 묘하게 재밌게 느껴졌다.

엄두호가 피식 웃으며 물었다.

"파견 기간인데 휴가도 챙겨 줘야 하나?"

오호, 그렇게 나오시겠다 이거지?

하지만 이런 반응 또한 예상하지 못한 건 아니었다.

대한이 말했다.

"물론 파견 기간 동안 무슨 일이든 열심히 하긴 해야 합니다. 하지만 사단장님이 마음에 드실 만큼 잘 준비 할 수 있었던 건 저 혼자만의 힘이 아닌 병사들의 도움이 있었기에 가능했던 일입니다. 무더운 여름에 주말까지 반납해 가며 일한 부하들에게 상급자로서 휴가를 챙겨 주고 싶습니다."

"그래? 하지만 그런 거라면 자네 부대에 휴가를 요청하는 게 맞지 않나?"

거 참.

이래도 안 줘?

그래, 누가 이기나 해 보자.

대한이 대답했다.

"그것도 맞는 말이긴 하지만 저희 애들이 살면서 사단장님 포상 휴가를 또 언제 받아 보겠습니까? 이왕 받는 거 사단장님 휴가면 더 좋을 것 같습니다."

사단장 이름으로 나오는 포상 휴가는 5일짜리였다.

대대장이 주는 3일짜리 하고는 급 자체가 다르다는 말.

대한의 계속되는 요구에 참모들이 그만 말하라고 눈치를 주었으나 대한은 조금도 신경 쓰지 않았다.

그 모습에 엄두호가 크게 웃으며 말했다.

"하하! 병사들부터 챙기는 걸 보니 참된 장교가 맞구만! 그래, 이게 군인이지. 미안하다 장난 한번 쳐 봤다."

"장난인 줄 알고 있었습니다!"

"알고 있었다고?"

"예! 사단장님처럼 인품 좋으신 분이 휴가를 안 챙겨 주실 리가 없다고 생각했기 때문입니다!"

대한의 말에 엄두호는 물론 주변 모두가 진심으로 웃음을 터뜨렸다.

새파랗게 어린 소위가 하는 말치곤 너무 귀여웠기 때문.

엄두호가 매우 흡족해하며 말했다.

"몇 번 봤다고 그런 아부를 하나? 소위가 군 생활 참 이상하게 하는구만?"

"아부 아닙니다! 진심입니다!"

"허허, 알겠다. 알겠어. 파견 복귀하는 날 휴가 챙겨 줄 테니 걱정하지 말거라. 그래, 휴가 말고 다른 건 더 필요한 거 없나?"

"예, 없습니다!"

"알겠다. 그럼 고생하고 다음 주 월요일 날 보자꾸나."

"그때 뵙겠습니다. 충! 성!"

엄두호가 기분 좋게 자리를 벗어났고 천용득은 엄두호를 뒤따라가다 말고 대한에게 조용히 엄지를 치켜들었다.

이윽고 대한도 자리를 벗어날 수 있었고 장갑 앞에서 대기 중이던 병사들에게로 복귀했다.

대한이 돌아오자 박태현이 걱정스러운 표정으로 물었다.

"혼나셨습니까?"

"내가 뭘 잘못했다고 혼나? 대신 일거리를 좀 받아 가지고 왔다."

"예? 일 말입니까?"

"어, 여기 대대장이 하던 것까지 다 하라고 하시더라."

그 말에 박태현이 한숨을 푹 내쉬었다.

"하…… 소대장님은 일복이 참 많으신 분 같습니다."

"그래서 싫어?"

"아니, 뭐 싫다는 건 아닌데…… 병장 계급장이 무겁기는 합니다."

"참나, 싫으면 부대 보내 줄게."

"그래도 됩니까? 하하, 제가 일 잘하는 애들 뽑아서 교체하겠습니다.”

“그러든가. 그럼 휴가는 다른 사람 줘도 되지?”

“그게 무슨 말씀이십니까?”

“방금 사단장님한테 약속 하나 받아 왔거든. 이번 파견 끝나면 너희 휴가 좀 챙겨 달라고. 근데 네가 병장 계급장이 무겁다고 하니…….”

“누가 그런 말도 안 되는 소릴 했습니까? 재우야, 너냐?”

“아, 아닙니다!”

그 말에 대한이 피식 웃으며 말했다.

“그러니까 까불지 말고 일해. 내가 어디 너희를 그냥 굴리더냐?”

“사랑합니다, 소대장님. 전 평생 소대장님의 발수건이 되겠습니다.”

“싫어. 무좀 걸려.”

그렇게 대한의 일행이 킥킥거리며 떠들고 있을 때였다.

“도대체 일들을 어떻게 하는 거야!”

어디선가 들리는 주창헌의 목소리.

어우, 저 양반은 기차를 삶아 먹었나 울림통 한번 제대로네.

그나저나 지침은 자기가 내려놓고 대체 누굴 탓하는 거야?

주창헌은 계급순으로 갈구기 시작했고 얼마 뒤, 신경 쓰이는 이름 하나가 대한의 귀에 꽂혔다.

“유 하사!”

"하사 유소연!"

"너 내가 브리핑 자료 제대로 만들라고 했지?"

아.

유소연한테도 지랄하는 거야?

역시 주창헌.

자신의 기분이 가장 중요한 사람이군.

그런 의미에서 유소연은 참 억울했다.

자신은 하사로서 그저 시키는 대로 했을 뿐인데 갑자기 본인 탓을 하니까.

하지만 그렇다고 따질 수도 없었다.

"지시하신 대로 만들었는데…… 죄송합니다."

"내가 말한 거에 비해 디테일이 떨어지잖아! 이딴 식으로 만드니까 사단장님이 뭐라고 하시지! 야간에 대체 뭐 했어?"

"브리핑 보드 만들었습니다."

"몇 시까지?"

"22시 정도까지 만들었습니다."

"밤새 만들어도 모자랄 판에 뭐? 22시? 그 뒤에는 그냥 잔 거야?"

"……끝나고 잠시 바람 쐬러 다녀왔습니다."

"바람? 이게 지금 정신이 있는 거야, 없는 거야!"

"……죄송합니다."

행사장에는 주창헌의 눈치를 보느라 소리 내는 사람이 없었고 덕분에 두 사람의 대화는 멀리서도 너무 잘 들렸다.

대한은 유소연이 쓸데없이 솔직하다 생각했다.

그런데 솔직할 수밖에 없던 이유가 있었다.

"내가 내 허락 없이 어디 돌아다니지 말라고 안 했냐? 나갈 일 있으면 나한테 보고하고 가라고 몇 번을 이야기했는데! 일만 못 하는 게 아니라 지시까지 어겨?"

"……잠시 나갔다 온 겁니다. 위병소 기록 확인해 보셨지 않습니까."

그 말에 대한의 고개가 모로 기울어졌다.

'매일 위병소 기록을 확인한다고?'

대체 왜?

여기가 옛날 군대도 아니고?

심지어 유소연은 관리받아야 할 관심 간부처럼 보이지도 않는데?

하지만 주창헌은 유소연의 말대답에 화가 났는지 고래고래 소리를 질렀다.

"이게 지금 어디서 잘했다고 꼬박꼬박 말대꾸야! 너 부대 복귀해서 두고 봐, 내가 가만 안 둘 거니까!"

유소연이 참 불쌍해지는 순간이었다.

하지만 그렇다고 해서 딱히 도와줄 수 있는 방법이 있는 건 아니었다.

그저 속으로 응원할 뿐.

그때, 대한의 시야에 강예성이 보였다.

"중대장님?"

"어, 대한아."

"대대장님이 원래 좀 화가 많으십니까?"

"오늘 평소보다 좀 심하시긴 한데…… 상황이 상황이잖아. 그리고 유 하사한테는 평소에도 심하시긴 해."

"그렇습니까? 그럼 좀 말려 보시지 그러셨습니까. 그만하시라고."

"에이, 내가 어떻게 그래."

"어차피 전역하시지 않습니까. 저 같으면 할 말 다 하겠구만."

"난 너랑 다르잖아. 난 조용히 있다가 집에 갈 거야."

역시.

참 강예성다운 대답이었다.

대한은 속으로 고개를 내저은 후 이어서 물었다.

"그건 그렇고 조금 전에 사단장님이 말씀하신 건 다 들으셨습니까?"

"당연히 들었지 왜?"

"그럼 말이 쉽겠습니다. 병력들 좀 모아주십쇼."

"응? 우리 중대만 모으면 돼?"

하.

질문 수준 하고는.

말을 두 번 하게 만드는 스타일이네.

한숨을 푹 내쉰 대한이 애써 웃으며 말했다.

"중대 병력으로만 행사 준비하실 겁니까?"

"아? 하하, 미안 미안. 지금 바로 대대 전 병력 바로 불러 모을게."

이영훈이 참 그리워지는 순간이었다.

대한은 강예성이 불러 모은 병력들 앞에 섰다.

여기에는 병사들뿐만 아니라 중대장들도 모여 있었고 중대장들의 표정을 보건대 걱정했던 일은 벌어지지 않을 듯했다.

'하긴 사단장이 엄포를 놓고 갔는데 내 말을 들어야지.'

물론 티를 내지 않을 뿐 불편해하는 사람들도 있을 것이다.

근데 뭐 어쩌라고?

그럼 진작에 잘하던가.

대한은 주변을 살펴본 끝에 강예성에게 물었다.

"중대장님? 대대장님은 어디 계십니까?"

"어? 대대장님도 모셔 와?"

"그럼 안 모셔 옵니까? 대대 인원들한테 일 시키는데?"

"그야 네가 있잖아?"

"하…… 제가 대대장님 대리 임무 수행하는 건 아니지 않습니까. 최종 지시는 당연히 대대장님이 하셔야죠. 전 설명만 할 겁니다."

아무리 사단장이 대한을 도와 행사 준비를 하라고 했다지만 이건 아니지.

멍청이냐?

그러나 강예성은 내키지 않는지 대한의 눈치를 보며 말했다.

"그냥 네가 해 줘도 되는데…….."

"얼른 모시고 오십쇼."

강예성은 결국 꼬리 내린 강아지처럼 주창헌을 데리러 갔다.

사실 대한에게 주창헌이 꼭 필요한 건 아니었다.

지시는 선임 중대장에게 맡겨도 되긴 했으니까.

그럼에도 주창헌을 부르려는 건.

'다른 사람도 아니고 그 양반 편한 꼴은 못 보지.'

잠시 후, 강예성이 뿔이 잔뜩 난 주창헌을 데리고 나타났다.

주창헌이 물었다.

"왜 불렀나?"

"그래도 지시는 대대장님이 하셔야 하지 않습니까?"

"사단장님 말씀 못 들었나? 네가 하는 거 도와주라고 했잖아. 알아서 지시하면 될 걸 어디 대대장을 오라 가라야?"

아놔 진짜…….

이 자식이 아직도 정신을 못 차렸네.

대한은 주창헌과 잠시 눈을 맞추던 끝에 조용히 주창헌에게 말했다.

"대대장님, 잠시 뒤에서 이야기 좀."

대한은 주창헌과 함께 병력들에게서 멀리 떨어졌다.

주창헌이 곱게 따라온 이유는 오직 하나.

'내가 살살 길 거라고 생각했겠지.'

그래도 대대장이었으니까.

하지만 대한은 그럴 생각이 눈곱만큼도 없었다.

대한은 주변에 병력들이 없는 걸 살핀 뒤, 주창헌에게 말했다.

"지금 뭐 하십니까?"

"……응?"

순간 주창헌의 표정에 물음표가 떠올랐다.

뭐 하냐니?

이게 지금 소위가 중령한테 할 말인가?

꿈인가 싶을 정도로 어이가 없었다.

하지만 대한은 진심이었다.

심지어 말을 뱉은 후 자신을 똑바로 쳐다보고 있었다.

멍해졌던 정신을 다시 찾은 주창헌이 점차 얼굴이 벌게지며 물었다.

"다짜고짜 뭐? 뭐 하십니까? 너 지금 장난해?"

그래.

이렇게 나와야지.

주창헌의 물음에 대한이 곧장 되물었다.

"대대장님이야말로 장난하시는 겁니까? 병력들 모이는데 당연히 오셔야 하는 거 아닙니까? 저기 모인 인원들 다 대대장님 병력이잖습니까."

"너 지금 나한테 군 생활을 가르치려는 거냐?"

"제가 설명해 드리는 내용 대대장님이 듣고 직접 병력들 지휘하십쇼. 그게 맞는 겁니다."

"맞긴 뭐가 맞아? 네가 나보다 군 생활 더 많이 해 봤어? 어디 개념 없이 이게 맞다 저게 맞다야? 너 미쳤냐?"

"안 미쳤습니다. 그럼 대대장님보다 군 생활 많이 한 사람한테 물어보면 되겠습니까?"

"뭐?"

"지금 바로 사단장님한테 여쭤보겠습니다."

주창헌이 금방이라도 대한을 때릴 것처럼 다가오기도 잠시.

대한의 입에서 사단장이라는 말이 나오자 순간 흠칫했다.

"사단장님? 여기서 사단장님이 왜 나와?"

"물으셨지 않습니까. 그래서 대대장님보다 훨씬 더 군 생활 많이 하신 사단장님께 여쭤보겠습니다. 이참에 지침도 그냥 받아 보겠습니다."

대한은 말을 마치기 무섭게 휴대폰을 꺼내 들었고 대한의 휴대폰에 숫자가 띄워진 순간, 주창헌이 대한의 휴대폰을 덥석 잡았다.

"자, 잠깐!"

"왜 그러십니까?"

"새, 생각해 보니까 네 말도 맞는 것 같다. 대대장이 대대 병력을 지휘해야지."

"확신이 들지 않으신다면 말씀해 주십쇼. 바로 사단장님께 여쭤보겠습니다. 대대장님이 하신 말씀처럼 군 생활을 제일 오래 하신 분의 말씀을 들어야 하지 않겠습니까?"

"아, 아냐! 이런 일로 사단장님한테까지 갈 필요는 없어. 나도 다 아는 거니까 걱정하지 마라. 다시 돌아갈까? 생각보다 멀리 왔네, 가는 데 좀 걸리겠어. 하하."

당황한 주창헌은 서둘러 병력들이 있는 곳으로 이동했다.

그 뒷모습을 보며 대한은 생각했다.

'등신 같은 놈.'

그래도 통쾌하긴 했다.

사단장을 등에 업지 않았다면 지금처럼 대대장을 직접 갈굴 기회는 없었을 테니까.

그리고 사실 대한은 사단장을 부를 생각도 없었다.

'기껏 자주적인 이미지를 심어 놨는데 바로 전화해서 찡찡거리면 누가 좋아하겠어?'

아마 줬던 휴가도 뺏을 것이다.

대한은 다시 주창헌과 함께 병력들 앞에 서서 말을 잇기 시작했다.

"자, 지금부터 제가 설명해 드릴 테니까 잘 들어주십쇼. 그리고 작업 간 애매한 것이 있으면 대대장님의 지침을 받아 실시하시면 됩니다. 제가 어떻게 하라고 말씀드리는 것보단 대대장님께서 말씀해 주시는 게 더 정확할 겁니다. 그렇지 않습니까,

대대장님?"

"……그래, 공병이 폭파를 제일 잘한다고 하지만 중령 정도 되면 모르는 게 없지. 잘 준비해서 사단장님의 마음에 드실 수 있도록 다시 한번 잘 준비해 보자."

두 사람의 눈치를 보던 병력들은 그제야 숨통을 트며 대답했다.

"예! 알겠습니다!"

대답을 들은 대한이 이어서 말했다.

"주말 내내 일 하기 싫으실 거 잘 압니다. 그래서 오늘 철야를 해서라도 무조건 끝낼 예정입니다. 그런 의미에서 작업 간 딱히 쉬는 시간은 부여하지 않겠습니다. 작업이 마무리되면 그 시간부로 퇴근 및 휴식이라는 것 잊지 마십쇼."

대한의 말이 끝나기 무섭게 병력들의 전의가 불타올랐다.

그래.

이왕 하는 거 기분 좋게 일해야지.

가뜩이나 사단장한테 털리고 대대장한테 털려서 사기도 떨어졌을 텐데 대한은 이들의 심정을 헤아려서 사기부터 끌어 올렸다.

병력들이 불타오르자 대한이 외쳤다.

"자자, 일단 땅부터 파 주십쇼. 지금 파놓은 것의 2배 이상! 실시!"

타부대 병력들이 대한의 지시에 맞춰 일사불란하게 움직이기 시작했다.

✳

엄두호가 다음 일정을 위해 차를 타고 이동하던 중.

휴대폰을 꺼내 이원영에게 전화를 걸었고 이원영은 마치 기다리고 있었다는 듯 빠르게 전화를 받았다.

―충성! 부대 이상 없습니다!

"어, 이 대령. 통화 괜찮나?"

―예, 괜찮습니다. 사단장님.

"다름이 아니라 내가 물어볼 게 있어서."

―편하게 말씀하십쇼.

엄두호가 창밖을 보며 미소 지은 채 말했다.

"도대체 그때 왜 전화한 거야? 김 소위가 부대에 전화도 안 했다던데?"

―아, 그게…… 아끼는 부하라 그저 제 노파심에 드린 부탁이었습니다. 그 일은 다시 한번 죄송하다고 말씀드리고 싶습니다.

"아니야, 괜찮네. 방금 내가 오해가 있었다는 걸 확인하고 왔어. 오히려 내가 미안하네."

―아닙니다. 사단장님이 미안하실 게 어디 있습니까. 제가 말을 제대로 못 해서 오해를 만든 것 같습니다.

"어허, 이 후배. 선배가 좀 실수하면 지적도 할 줄 알아야 육사 아니겠나."

─육사 선배가 실수한다는 상상을 해 본 적이 없습니다. 실수
는 후배가 하는 것이지 않습니까.

이원영의 말에 엄두호가 웃음을 터트렸다.

"하하! 부하는 상관을 닮는다더니 김 소위가 자네를 닮았는
가 보군. 무튼 김 소위 걱정은 그만하고 부대 일에 집중하면 될
것 같네. 김 소위는 내가 잘 챙겨 줄 테니까. 오랜만에 아주 똘
똘한 소위를 봤어."

─감사합니다. 선배님.

"그래, 종종 연락하자고."

─예, 자주 연락드리겠습니다. 충성!

"어, 고생해."

이윽고 통화가 종료됐고 곁에서 대기 중이던 박희재가 숨 쉴
틈도 주지 않고 물었다.

"야, 엄 장군이 뭐래?"

"하…… 역시 대한이다."

"뭔데? 빨리 말해 봐!"

"대한이가 잘 통과한 거 같다. 방금 전에 엄 장군이 오해했었
다고 미안하다고 하네."

"그래, 대한이가 누구 새낀데 그럴 줄 알았어."

"하, 그럼 지금 연병장에 있는 것들은 어떻게 설명할 건데?"

연병장에는 장간 자재를 잔뜩 싣고 있는 차량과 출동 준비를

마친 병력들이 단독 군장을 한 상태로 대기 중이었다.

혹시나 대한이 엄두호의 마음에 들지 않았을 때를 대비해 하루 만에 모든 준비를 끝내 놓은 것.

그 말에 박희재가 웃으며 대답했다.

"뭐긴 뭐야, 전술훈련한 거잖아. 그런 의미에서 단장님, 이제 그만 애들 철수시켜도 되겠습니까?"

"그 호칭 좀 통일할 수 없겠니, 친구야?"

"그래, 친구야. 철수해도 되겠니?"

"후, 내가 너한테 뭘 바라냐. 빨리 애들 철수시켜. 더운데 고생했다."

"하하, 어제 철야했으니까 일찍 퇴근시킨다?"

"네, 마음대로 하세요."

"역시 우리 단장님, 시원시원해서."

한편.

연병장에 대기 중이던 병력들은 이원영과 박희재의 대화가 끝나기만을 기다리고 있었다.

특히 이영훈이 간절한 마음으로 기도하고 있었다.

"제발…… 대대장님이 나오셔야 되는데……!"

당연했다.

만약 이원영이 나온다면 그건 출동 명령을 위해서일 테니까.

그 모습을 본 정우진이 한심하다는 듯 물었다.

"너 뭐하냐?"

"출동 안 하기를 기도하는 중입니다."

"야, 영훈아. 너 병사 아니다. 중대장이라고 중대장."

"선배님, 이거 낙동강 다 들고 가면 얼마나 힘들지 잘 아시지 않습니까."

"크흠…… 힘들어도 군인이잖아. 시키면 해야지."

"이럴 때만이라도 솔직해지십쇼, 선배님."

"……그럴까?"

이내 곧 두 사람은 함께 기도하기 시작했고 얼마 뒤, 박희재가 웃는 얼굴로 나타났다.

"상황 종료! 물자 정리하고 퇴근하자!"

"와아아아아!"

뜨거운 함성.

그리고.

짜악!

정우진과 이영훈은 뜨거운 하이파이브를 나누었다.

✳

한편, 주창헌의 병력들은 환호하는 어느 부대 병사들과는 달리 땅을 파고 있었다.

이유는 간단했다.

더 실감나는 전투의 구현을 위해.

'그러려면 일단 참호부터 깊이 파야지.'

지금도 참호로써의 역할은 충분했다.

앉으면 전혀 보이지 않았으니까.

하지만 실전과 같은 느낌을 만들기 위해서는 이 정도 깊이는 한참이나 부족했다.

그도 그럴 게 병력들은 당시의 국군을 연기해야 했는데 지금 당장 병사들의 연기력을 키울 순 없었으니까.

'힘들어하는 연기를 요구하는 것보다는 진짜 힘들게 만들면 그게 진짜 같은 연기가 되지.'

그래서 참호를 깊이 팠다.

참호를 깊이 파면 올라오는데 힘들어할 테니 연기를 하지 않아도 자연스럽게 힘들어하는 모습이 나오지 않겠는가?

그리고 대한의 예상은 보기 좋게 적중했다.

완성된 참호에 병사들을 투입해 올라오게 하니 정말로 힘들게 올라오는 광경이 연출됐기 때문.

그래서일까?

생각보다 결과가 좋자 모두들 만족해하며 더더욱 작업 속도에 박차를 가했다.

그때, 누군가 짜증을 버럭 냈다.

다름 아닌 박태현이었다.

"아, 중대장님! 그렇게 하는 게 아니라 곡괭이로 콱콱 찍고 삽으로 퍼야 한다고 말씀드렸지 않습니까!"

"하아, 하아. 알겠어!"

대한은 일부러 강예성에게 박태현을 붙였다.

그도 그럴 게 이번에도 강예성이 꿀 빠는 모습은 절대로 보기 싫었으니까.

그리고 그 효과는 톡톡히 두드러졌다.

"아! 저희 할머니도 이것보단 빠르겠습니다!"

"무, 뭐? 너 말이 좀 심한 거 아냐? 아무리 그래도 계급이란 게 있는……."

"소대장님!"

"아, 아냐! 더 빨리 할게."

그 모습을 본 대한이 흡족함에 고개를 끄덕인다.

그렇게 작업이 진행되길 한참.

대한은 전찬영과 황재우를 데리고 폭탄을 설치하기 위한 작업을 시작했고 그때, 유소연이 대한에게 다가왔다.

"김 소위님, 폭탄 얼마나 필요하십니까?"

"많으면 많을수록 좋죠. 그런데 그건 왜 물으십니까?"

"대대장님이 파악해서 상급부대에 요청하라고 하셨습니다."

"이것까지 말입니까? 인사행정담당관이라면서 대체 일을 몇 개를 하는 겁니까? 그리고 이건 군수 쪽에서 해야 하는 거 아닙니까?"

"그렇긴 합니다만…… 대대장님 말씀으로는 이것저것 다 할 줄 아는 게 군 생활에 도움이 된다고 하셨습니다."

"본인 업무 잘하기도 힘든데 그게 무슨 말도 안 되는…….."

유소연이 얼마나 밉보이고 있는지는 모르겠지만 이건 아니었다.

실제로 폭파가 되는 폭탄을 받아 오는데 담당자 말고 다른 사람이 일을 맡다니.

당장 담당자도 흔한 업무가 아니라 실수할 수도 있는데 뭘 믿고 유소연을 시키겠나?

대한이 말했다.

"그 담당자한테 저 찾아오라고 전해 주십쇼. 대대장님이 뭐라 하시면 저한테 데리고 오시고."

"아, 그게…….."

"곤란한 거 아는데 유 하사가 이거 맡으면 더 곤란한 상황이 됩니다. 그냥 제 말 들어주시죠."

유소연은 고민하는 듯하더니 이내 입을 열었다.

"알겠습니다."

"예, 고생하십쇼."

유소연이 떠난 후, 폭탄을 설치할 곳을 모두 정하자 담당자인 군수과장이 대한이 말하는 폭탄 소요를 받아 적어 갔다.

군수과장의 얼굴에 귀찮음이 가득해 보였지만 전혀 신경 쓰지 않았다.

귀찮아하고 피곤해 보이는 건 굳이 군수과장이 아니라도 직장인이라면 누구나 다 저런 얼굴이니까.

이윽고 할 일을 마친 대한은 슬슬 가장 중요한 준비를 하기 시작했다.

이제껏 주창헌이 한 번도 하지 않고 있던 것.

바로 전승 행사에서 국군을 연기할 병사들의 연기 연습이었다.

"국군 연기하는 인원 전부 열외!"

"열외!"

대상 인원들은 이때다 싶어서 손에 든 삽과 곡괭이를 던져 버리고 대한에게 달려왔다.

총 20명.

행사장 크기를 생각했을 때 전혀 많은 인원이 아니었다.

아니 오히려 적었다.

'왜 이것밖에 안 모여?'

뻔했다.

자세히 안 보고 대충 설정했겠지.

대한은 한숨을 내쉰 후 병력들에게 말했다.

"각자 친한 병력들 2명씩 데리고 온다 실시."

"실시!"

대한의 말에 20명의 병력들은 순식간에 흩어졌고 곧이어 40명의 인원들이 추가로 모였다.

그 모습을 지켜보던 강예성이 박태현에게 말했다.

"야, 태현아. 우리도 저거 하러 가자."

"안 됩니다. 그리고 제발 편한 거만 하려는 태도 좀 고치십쇼."

"뭐? 야, 아무리 그래도 그렇지. 넌 병장인데 아까부터 진짜……."

"소대장님!"

"아, 아냐. 안 가도 돼. 난 삽질이 더 재밌어."

그 모습에 박태현이 한심하다는 듯 말했다.

"중대장님, 지금은 저게 편해 보여도 막상 지원해서 나가면 절대로 편한 일이 아닐 겁니다."

"그래도 삽질보단 나을 것 같은데?"

"절대 아닙니다. 저희 소대장님은 인력을 절대로 허투루 쓰는 법이 없으십니다. 특히 타 부대 인원들은 더더욱이."

"너무 오버하는 거 아냐?"

"아닙니다. 한번 생각해 보십쇼. 처음에 20명이나 갔는데 부족하다고 40명을 추가로 뽑아 갔습니다. 그럼 얼마나 힘든 일을 시키려고 저렇게 많이 뽑아가는 거겠습니까?"

"에이, 그래도 그 정돈 아닐 것 같은데……."

"그럼 내기하십니까?"

"무슨 내기?"

"지는 사람이 여기 땅 다 파는 거 내기 어떻습니까."

그 말에 강예성의 눈이 빛났다.

"좋아. 이긴 사람이 관리 감독 하는거다?"

"예, 알겠습니다."

참나, 이길 줄 아나 보네.

박태현은 이미 승리를 확신하는 강예성을 보며 고개를 내저었다.

그리고 내기의 승자는 순식간에 결정되었다.

대한이 60명들을 일렬로 세운 채 조용히 말했다.

"참호로 들어간다, 실시."

"실시."

60명의 연기자들은 참호 속으로 뛰어 들어갔다. 그리고 이어서 명령했다.

"1초 준다, 다시 뛰어 올라와. 실시."

병력들은 그제야 무언가 잘못됐다는 걸 깨달았다.

하지만 탈출하기엔 이미 늦었다.

"느려, 다시 내려가."

지옥의 반복 훈련.

그 모습을 본 박태현이 말했다.

"편해 보이십니까?"

"……아니."

"그럼 빨리 삽질 하십쇼. 감독은 제가 할 테니."

"에이씨."

강예성의 삽질.

그리고 연기자들과 강예성의 비명은 해가 질 때까지 계속되었다.

＊

"자, 푹 쉬시고 월요일 날 완전히 회복된 모습으로 뵙겠습니다. 이상입니다."

"와아아아!"

작업이 끝났다.

흙먼지투성이가 된 병사들은 환호했고 대한은 주창헌에게 다가가 말했다.

"고생하셨습니다."

"그래, 너도 고생했다."

"폭탄 설치는 폭탄이 도착하는 대로 제가 마무리하겠습니다."

"사단장님 오시기 전까지 완벽하게 끝내야 한다."

이것 봐라?

맞는 말이긴 한데 묘하게 기분 나쁘네?

대한은 주창헌의 말투가 심히 마음에 안 들었지만 피곤해서 그냥 무시하기로 했다.

"예, 폭탄만 일찍 도착하면 가능합니다."

"그래, 김 소위가 잘 확인해서 진행해."

"그걸 제가 어떻게 확인합니까. 대대장님이 확인해 주셔야죠."

"뭐?"

"제가 그 부대에 있는 것도 아니고 확인 불가지 않습니까. 만약 월요일까지 도착 안 하면 사단장님께 있는 그대로 보고드릴 겁니다."

능력이 부족해서 지키지 못할 권위라면 애초에 없는 것이 나았다.

대한의 말에 주창헌이 와락 인상을 찌푸렸다.

하지만 딱히 반박할 말은 없었다.

맞는 말이었으니까.

"……알겠다. 군수과장한테 확인해서 연락하라고 하마."

"예, 부탁드리겠습니다."

"그래, 가 봐라."

"예, 충성."

대한은 주창헌에게 최소한의 예의를 지킨 뒤 서둘러 병력들을 빼내 컨테이너로 이동했다.

컨테이너에 도착하자마자 서둘러 라면 끓일 준비를 했다.

일이 많아서 온종일 아무것도 못 먹었기 때문이다.

그러자 전찬영이 볼멘소리로 말했다.

"아무리 그래도 여기 대대장님도 참 너무하신 거 같습니다."

"뭐가?"

"아니, 오늘 같은 날은 솔직히 식사하고 가라고 해도 되지 않습니까?"

생각해 보니 그것도 맞는 말이었다.

아무리 저녁은 따로 먹는다고 했다지만 시간이 20시가 넘었다.

밖에 있는 식당에 가서 밥을 먹는다고 해도 21시는 훌쩍 넘을 터.

'사람 그릇이 종지 그릇만 한 걸 어쩌겠어.'

대한이 웃으며 말했다.

"됐어, 저기 짬밥보다 네가 끓이는 라면이 훨씬 맛있어. 그리고 누가 라면만 먹는대? 일단 요기만 하고 나갔다 오자. 오늘 같은 날 고기 먹어야지. 마트 문 닫으려면 아직 시간 남았잖아."

그러자 전찬영이 씩 웃으며 말했다.

"그렇게 말씀해 주시니 감사합니다. 제가 오늘도 최선을 다해 보겠습니다."

대한과 병사들은 대한이 말했던 대로 우선 가볍게 라면으로 요기를 채운 후 바로 차에 탑승했다.

마침 내일은 합법적으로 쉬는 날이니 늦게까지 놀아도 되었다.

그렇게 주차장을 벗어나려던 찰나, 주차장 입구에서 유소연의 경차와 맞닥뜨렸다.

인사라도 할까 싶어서 창문을 내리려던 찰나, 유소연의 차는 그대로 쌩 지나가 버렸다.

그 모습을 본 박태현이 고개를 기울였다.

"어? 왜 그냥 가시지?"

"그러게? 뭐, 오늘 많이 힘드셨나 보지."

"그럼 제가 이야기라도 들어 드려야 하는 거 아닙니까?"

"네가? 더 기분 나빠지실 걸?"

"에이, 그럴 리가 없습니다. 제가 또 고민 상담 같은 건 기가 막힙니다."

"아서라, 혼자만의 시간이 얼마나 중요한데 너도 간부 되면 내 말이 무슨 뜻인지 알게 될 거다."

대한은 잠시 고민한 끝에 유소연이 눈치 안 보고 편히 쉴 수 있도록 마트 대신 그냥 밖에서 완전히 먹고 오기로 했다.

✳

대한과 일행은 밖에서 식사를 마치고 간식거리까지 구매한 뒤에야 다시 컨테이너로 복귀했다.

그렇게 짐을 정리하던 중, 대한은 여전히 주차장 구석에 주차되어 있는 유소연의 차를 발견했다.

대한이 휴대폰을 꺼내 시간을 확인했다.

'오늘은 좀 오래 있네.'

주차장에서 나갈 때가 약 21시였다.

그리고 지금 23시가 넘었는데도 아직까지 있다는 건 저 상태로 2시간이나 있었다는 말.

대한이 말없이 유소연의 차를 보고 있자 박태현이 말했다.

"물어보고 옵니까?"

"뭘?"

"같이 드실지……?"

"됐어. 부담스러워할 수도 있잖아. 피곤해서 자고 있을 수도 있고. 빨리 짐이나 정리해."

"예에."

차에서 짐을 내려 컨테이너로 옮기던 그때, 대한이 코를 문지르며 말했다.

"야, 근데 우리 불 피우고 나갔냐?"

"예? 저희 불 안 피웠습니다. 아까 라면도 버너로 끓여 먹었지 않습니까."

"그렇지? 근데 어디서 탄내 나지 않냐?"

"탄내? 킁킁, 어. 그러고 보니 좀 나는 것 같습니다."

"컨테이너 확인해 봐."

그러나 컨테이너는 멀쩡했다.

대한이 주변을 살폈다.

"산불인가? 뭐지?"

그러나 아무리 봐도 산불 같아 보이지도 않았다.

그때, 불현듯 유소연의 차가 생각났다.

'에이, 설마.'

설마 아니겠지.

그래도 혹시 몰라 대한은 처음으로 유소연의 차에 다가갔다.

그리고 유소연의 차에 다다른 순간, 대한은 소름이 쫙 돋았다.

유소연의 차량 내부가 뿌연 연기로 가득 차 있었기 때문이다.

대한이 소리쳤다.

"야! 빨리 와서 도와!"

시발.

이걸 왜 생각 못 했지?

50사단 여군 하사 자살 사건.

근처 부대에서 일어난 사건이라 사고 사례 전파와 동시에 초급 간부들을 대상으로 자살 예방 교육이 많이 실시되었다.

하지만 이름도 몰랐고 군대 사건이 대부분 그러하듯 얼마 안 가 기억에서 잊혔다.

'그게 유 하사였다니!'

대한은 팔꿈치와 주먹을 이용해 창문을 가격했지만 자동차 유리는 생각보다 튼튼했다.

그래서 근처의 주먹만 한 돌멩이를 들어 바로 내려찍었다.

하지만 그것마저도 역부족이었다.

차량 유리가 쉽게 깨지는 건 영화나 드라마에서나 볼 수 있는 설정이었으니까.

대한은 식은땀이 흐르고 심장이 빠르게 뛰었다.

'침착해야 한다. 침착해야 돼!'

그때 시야에 대한의 차가 보였고 대한은 즉시 자신의 차량에 올라 차를 몰기 시작했다.

그리고 유소연이 탑승해 있는 곳을 피해 비스듬하게 차를 들이박았다.

콰앙!

와장창!

그제야 유리가 깨졌다.

그리고 깨진 유리창들 사이로 연기가 새어 나오기 시작했고 대한이 서둘러 119에 신고하며 외쳤다.

"사람부터 꺼내! 바로 구급법 시작하고 차 안에 타고 있는 것들도 다 꺼내!"

"예!"

혼돈의 도가니였다.

하지만 모두들 침착하기 위해 애썼고 대한은 그 와중에도 모든 상황을 침착하게 지시했다.

"시발! 이게 대체 무슨 일이야!"

특히 박태현은 금방이라도 울음을 터뜨릴 것처럼 상기된 얼굴로 구급법을 강행했다.

다들 온몸이 땀으로 흠뻑 젖었다.

그렇게 구급법을 진행하길 한참이 지나고 마침내 구급차가 도착했다.

"이제부턴 저희가 하겠습니다!"

대한은 그대로 구급대원들에게 유소연을 맡겼고 유소연은 바로 근처 병원으로 이송되었다.

겨우 한숨 돌렸다.

하지만 대한은 거기서 쉬지 않고 다시 휴대폰을 들어 천용득에게 전화를 걸었다.

"충성. 대대장님, 유소연 하사가 자살 시도를 했습니다. 현재까지 의식 확인된 바 없고 좀 전에 구급차에 인계해서 현재는 근처 병원으로 이송 중입니다."

─지, 지금 바로 갈게!

천용득까지 연락해 소환한 대한은 그제야 입술을 꽉 깨물기 시작했다.

부디 자신이 생각하는 그런 게 아니길 바라며.

전화를 마친 대한은 그제야 바닥에 털썩 주저앉았다.

그에 병사들도 대한의 곁으로 다가와 하나둘 바닥에 주저앉았다.

"괜찮으십니까, 소대장님?"

"아니."

"하…… 진짜 이게 무슨 일입니까."

말을 붙인 건 황재우였다.

박태현은 충격이 큰지 아무런 말도 못 하고 있었고.

그렇게 넷 다 허공만 바라보고 있길 얼마간, 주차장으로 경찰차 한 대가 들어왔다.

그것을 본 황재우가 깜짝 놀란 표정으로 대한에게 말했다.

"소대장님, 경찰차가 왔습니다."

"어, 그래."

"알고 계셨습니까?"

"엉."

자살사건 같은 경우에는 119에 신고하더라도 경찰이 출동해야 했다.

혹시 모를 범죄가 있을지도 모르니 철저히 조사를 해야 되기 때문.

그런 의미에서 현재 조사 대상 1순위는 대한이었다.

대한은 자리에서 일어나 경찰차를 기다렸고 얼마 뒤 차에서 내린 경찰이 대한에게 다가와 인사했다.

"안녕하십니까? 환자는 이미 이송된…… 엇, 군인이십니까?"

"예, 최초 신고자도 접니다."

"아…… 잠시만요."

경찰이 어디론가 전화해 상황을 알리려던 순간, 대한이 말했다.

"저희 쪽에서도 조사를 좀 해야 되는 터라 혹시 여기서 조사를 해도 되겠습니까? 몇 분 뒤에 저희 쪽에서도 조사차 나올 겁니다."

"아, 예. 그러시죠. 현장 통제도 하시나요?"

"어차피 입구 하나니까 저희 쪽 병력들로 하겠습니다."

"알겠습니다. 그럼 혹시 모르니까 사진만 좀 찍어 두겠습니다."

"예, 그러십쇼."

대한은 경찰과 대화를 마친 후 병력들에게 말했다.

"주차장 입구에 좀 가 있어."

"헌병대대장님만 들여보내면 됩니까?"

"어, 혹시 민간인이나 다른 차량 못 들어오게 막고 있고."

"예, 알겠습니다."

그때, 천용득의 차량이 굉음을 내며 주차장으로 들어왔다.

"충성!"

천용득은 상황이 상황이었던지라 전투복을 챙겨 입고 나왔다.

"이게 유 하사 차냐?"

"예, 그렇습니다."

"이게 다 무슨 상황이야? 설명 좀 해 봐라."

"처음 차량이 주차장에 들어온 건 21시 정도였습니다. 이후에는 출타 중이었기에 23시 이후에 차량을 확인했고 처음 발견 당시 차량 내부가 연기로 뒤덮여 신원 확인이 안 되는 상태였습니다."

천용득은 대한의 깔끔한 보고에 고개를 끄덕였다. 그리고 차량을 유심히 살폈다.

"번개탄?"

"예, 그런 것 같습니다."

"내부에 자살 원인으로 추정되는 거 확인해 봤나?"

"대대장님과 경찰분들이 오면 확인하려고 대기 중이었습니다."

"잘했다. 이제 내가 알아서 하마."

천용득은 대한의 어깨를 툭 쳐 준 뒤 휴대폰을 꺼내 어디론가 전화를 걸었다.

그 사이 대한이 경찰들에게 다가가 물었다.

"지금 저한테 물어보실 거 있으십니까?"

"아직은 없습니다. 저희도 인력 요청을 한 상태라."

"필요하면 저쪽 대대장님께 말씀해 주십쇼. 바로 오겠습니다."

"아, 예."

대한이 천용득에게 다가가 말했다.

"대대장님 저 유 하사가 이송된 병원 좀 다녀오겠습니다."

"주 중령님이 가야지. 네가 왜?"

"원인이 주 중령일 수도 있지 않습니까."

천용득은 대한의 말을 듣고 주창헌에게 전화하려던 것을 멈췄다.

그러더니 실수했다는 표정으로 조용히 고개를 끄덕였다.

"부탁 좀 하마."

"도착해서 연락드리겠습니다. 그리고 저희 애들 입구에 현장 통제 임무 줘 놨습니다."

"그래, 내가 챙길게."

이런 사건이 처음이었지만 두 사람은 손발이 잘 맞았다.

대한은 차에 시동을 걸고 서둘러 유소연이 이송된 병원으로 향했다.

병원은 가깝지 않았다.

그도 그럴 게 시골에 이런 환자를 받을 만한 응급실이 있을 리가 없었으니까.

'부디 별일 없어야 할 텐데.'

마음이 무거웠다.

왜 그 사건을 떠올리지 못한 거지?

그 사건에 대해 이미 알고 있었고 비슷한 낌새도 수차례나 보았다.

물론 알고 있더라도 제대로 된 도움은 줄 수 없었을 테지만 그래도 그 사건을 제대로 인지하고 있었으면 좀 더 신경을 썼을 것이다.

대한은 말없이 한참을 운전한 끝에 응급실에 도착할 수 있었다.

그런데 생각보다 응급실이 조용했다.

'뭐지? 원래 이런 건가?'

순간 잘못 찾아온 건가 싶어 지나가던 관계자를 붙잡고 물어 봤는데 다행히 여기가 맞았다.

"군복 입은 여성? 그 환자분 보호자 되십니까?"

"예, 그렇습니다."

"이쪽으로 오세요."

의사가 대한을 데리고 간 곳에는 유소연이 호흡기를 찬 채 누워 있었다.

대한이 짐짓 긴장한 투로 물었다.

"어떤 상태입니까?"

"구급차로 이송되는 중에 호흡은 회복하셨고 조금 전에 눈도 뜨시긴 했는데 다시 주무시나 보네요. 내일 검사 몇 개만 해 보고 퇴원하시면 됩니다."

다행이었다.

대한이 가슴을 쓸어내리며 대답했다.

"다행이네요. 감사합니다."

의사는 고개를 끄덕인 뒤 자리를 벗어났고 한숨 돌린 대한도 그제야 응급실에서 나와 천용득에게 전화를 걸었다.

천용득은 대한의 전화를 기다렸다는 듯 얼른 받았다.

―도착했나? 유 하사는?

"예, 도착해서 유 하사 확인했고 생명에는 지장이 없답니다. 내일 검사 몇 개만 하고 퇴원시킨 답니다."

―정말 다행이다. 알겠다. 일단 사단장님께 보고는 드렸고 지금 병원으로 가는 중이시라니까 너도 이쪽으로 넘어와.

"누군가는 지키고 있어야 하지 않겠습니까? 사단장님 오시면 교대하겠습니다."

─경찰 쪽에서 너한테 물어볼 게 있다고 하는데…… 일단 알
겠다. 그게 맞지.

"예, 금방 넘어가겠습니다."

대한은 천용득과의 전화를 끊은 후 생각했다.

'엄두호, 내가 그 양반 이름을 기억 못 하는 이유가 이거였구
만.'

육사 출신의 장성.

그의 군 생활에 사고는 없었을 것이었다.

후방 부대의 사단장이었지만 아무리 그래도 사고 이력 가지
고 올 자리는 아니었으니까.

하지만 끝끝내 더 진급하지 못한 이유는 아마 이때의 자살
사건에 책임을 지고 군복을 벗은 것일 터.

부하의 잘못은 곧 상관의 잘못이기도 했으니까.

하지만 이번에는 유소연이 죽지 않았다.

그러니 그가 군복을 벗을 일도 없을 것.

그런 생각을 하다 대한은 고개를 저었다.

'아냐, 중장 진급이 쉬운 것도 아니고 그건 아무도 모를 일이
지.'

대한은 엄두호에 대한 생각을 머릿속에서 지운 뒤 그제야 응
급실 한켠에 앉아 휴식을 취했다.

이제서야 긴장이 좀 풀렸다.

그로부터 얼마 뒤, 주차장으로 나가자 웬 차 한 대가 급하게 주차장으로 들어왔다.

엄두호의 차였다.

그는 급하게 나왔음에도 상황이 상황인지라 전투복 차림이었다.

"충성."

엄두호는 고갯짓으로 경례를 받은 후 대한에게 다가왔다.

"유 하사는?"

"구급차에서 의식이 돌아왔고 지금은 응급실에서 휴식 중에 있습니다. 생명에는 지장이 없다고 합니다. 몇 가지 검사를 받은 후, 내일 퇴원 예정이라고 합니다."

대한의 보고를 받은 엄두호는 그제야 묵은 숨을 토해 내며 말했다.

"오는 길에 설명을 듣긴 했는데 참 다행이구나. 그래도 혹시 모르니 다시 한번 상황 설명을 좀 부탁하마."

혹시라도 자기가 놓친 게 있을까 싶어 현장에 있던 대한의 설명을 직접 듣고 싶었다.

그렇기에 대한은 사견을 최대한 덜어 내고 보고를 올렸다.

천용득에게 말했던 것보다 더 상세히.

이윽고 보고가 끝나자 엄두호가 미간을 찌푸리며 물었다.

"내가 의심하는 건 아니지만…… 김 소위가 천 중령과 친분이 있다는 걸 알고 있다. 맞나?"

"예, 그렇습니다. 저희 대대장의 후배로 저희 부대에 징계 관련해서 방문했을 때 얼굴을 뵙고 인사를 했었습니다."

"그래, 그래서 말인데 유 하사한테 왜 간 거냐?"

오히려 헌병대대장보다 더 헌병 같은 질문이었다. 그렇기에 조금도 기분 나쁜 티를 내지 않고 대답했다.

"유 하사는 오늘뿐만 아니라 며칠 전에도 주차장에서 잠시 머물다가 간 적이 있었습니다. 나중에 물어보니 주차장에서 이따금씩 쉬고 간다고 했습니다."

"그러면 굳이 다가갈 필요 없지 않았나? 자주 휴식을 취한다는 것도 알고 있었는데?"

"예, 맞습니다. 그런데 오늘은 정상적인 휴식 같아 보이지 않았습니다."

"왜지?"

"날이 더워서 그런 것도 있겠지만 보통 차량에 두 시간 가까이 시동을 걸어 두진 않지 않습니까. 그리고 근처에 탄 냄새가 진동을 해서 혹시나 해서 확인 차 가 보았습니다."

대한의 말에 엄두호가 무언가 곰곰이 생각하더니 고개를 끄덕였다.

"충분히 그럴 수도 있겠구나. 알겠다. 혹시나 기분 나빴다면 미안하구나."

"아닙니다. 괜찮습니다."

"그럼 다행이고. 그래, 그럼 이제 여긴 내가 지키고 있을 테니 먼저 가 보거라."

"예, 알겠습니다. 그런데 사단장님 혼자 계시는 겁니까?"

"그럼?"

"전속부관이라도 데리고 있으셔야 편하지 않으시겠습니까? 사단장님이 여기 혼자 계시는 건……."

아부가 아니라 진심이었다.

별을 두 개나 달고 있는 군인이 병원에 혼자 있다는 것 자체가 대한이 보기엔 모양새가 좀 이상했으니까.

그 말에 엄두호가 피식 웃었다.

"김 소위는 참 꼼꼼하구만. 그럼 자네가 한번 전속부관 대리해 보겠나?"

"……잘 못 들었습니다?"

"김 소위 정도면 전속부관 하기에 충분할 것 같은데? 혹시 생각 있으면 언제든지 말해라. 내 자네라면 얼마든 써 줄 의향 있으니까."

대한은 어안이 벙벙했다.

저번에 그 영감도 그렇고 이 사람도 그렇고 부관 자리가 원래 이렇게 쉽게 나는 거였나?

대한이 얼른 거절 의사를 표명했다.

"좋게 봐주셔서 감사합니다. 하지만 한다면 전속부관 대리만 하겠습니다. 사단장님 혼자 병원에 계시게 할 순 없지 않습니까."

어차피 현장에 가서 대한이 할 일은 병력들을 챙기는 것 말고는 할 게 없었다.

천용득은 이미 수사를 시작했고 경찰이 대한에게 물어볼 게 있다곤 하지만 그렇게 중요한 건 아닐 터.

그래서 하루 정도는 엄두호의 오른팔이 되어 줄 수 있었다.

그래서일까?

대한의 대답에 엄두호가 헛웃음을 터뜨리며 말했다.

"요즘 초급 간부들한테는 전속 부관 자리가 별로 인기가 없나?"

"아닙니다. 여전히 인기 많습니다."

"그런데도 거절을 해? 예의상 하는 말이냐? 아님 뭘 몰라서 거절하는 거냐?"

"좋은 자리인 건 알고 있습니다. 하지만 아직은 제 스스로가 모자라다 생각되어 거절하는 것입니다. 전 정말 괜찮습니다."

"나 참. 농담 반 진담 반으로 말한 거긴 하지만 설마 진짜로 거절당할 줄이야. 아, 그렇다고 기분 나쁜 건 아니니 오해 말거라. 전속 부관한테도 일부러 연락 안 한 거니 너도 걱정하지 말고 복귀해."

저렇게까지 말하는데 더 이상 무어라 말할까.

그나저나 참 의외였다.

보통 사단장쯤 되면 절대로 혼자 안 있으려고 하기 때문.

"예, 알겠습니다. 그럼 바로 복귀해 보겠습니다. 혹시 필요하신 것 있으시면 바로 연락해 주십쇼. 바로 달려오겠습니다."

"그래, 신경 써 줘서 고맙네. 밤길 조심하고."

"예, 충성!"

대한이 서둘러 복귀한다.

※

주차장에 도착한 대한은 곧장 경찰차로 다가갔다.

"저한테 물어볼 게 있다고 그러시던데?"

"예, 맞습니다. 간단하게 확인 하나만 하면 됩니다. 저 볼보 차량 소유주 맞으시죠?"

"예, 맞습니다."

"조금 전에 운전하셨고?"

"예, 제 차니까 제가 운전했죠."

대한의 대답에 경찰이 주머니에서 무언가를 꺼내 대한의 얼굴에 내밀었다.

"한번 불어 주시죠."

"예?"

"차는 왜 박으셨습니까? 일단 부세요."

경찰이 들이민 것.

다름 아닌 음주 측정기였다.

갑자기 음주 측정을 한다고?

대체 무슨 의심을 하는 거지?

대한은 속으로 한숨을 내쉬며 측정기를 불었다.

결과는 당연히 정상.

이어서 경찰이 물었다.

"차는 왜 박으셨습니까? 보험은 부르셨어요?"

아.

그것 때문에 그런 거군.

약간의 오해가 풀린 대한은 그제야 찌푸린 미간을 펴고 대답했다.

"문이 잠겨 있었고 창문이 안 깨져서 열 방법이 그것밖에 없었습니다. 변상 문제는 유 하사가 깨면 알아서 하겠습니다."

"그렇군요. 하지만 다른 방법이 없진 않았을 텐데요?"

그 말에 대한은 다시 미간을 찌푸렸다.

마치 자신을 범인인 양 추궁하는 태도 때문이었다.

대한은 주변을 살피더니 경찰차 조수석에 앉아 휴대폰을 보는 사람을 발견했다.

그래서 바로 다가가 조수석 창문을 두드렸다.

"저 계속 조사하실 겁니까?"

"예? 그게 무슨 말씀이시죠?"

"저분이 저한테 궁금한 게 많으신 것 같아서요. 시간도 늦었는데 필요하시면 정식으로 부르시죠."

사수는 대한의 말에 고개를 갸웃거렸다. 그러더니 이내 상황

파악을 마치고 바로 사과했다.

"아이고 죄송합니다. 저 친구가 신입인데 워낙에 의욕이 넘치는 친구라…… 야! 음주 측정만 하고 오라고 했더니 왜 또 혼자 오버하고 있어?"

"죄, 죄송합니다!"

대한은 두 사람의 대화에 한숨을 내쉬었다.

"그럼 가 봐도 되겠습니까?"

"아, 예. 물론입니다."

음주 측정기를 내민 경찰이 잘못한 건 없었다.

공직자로서는 사수보다 더 일을 잘하는 것 같았다.

하지만 군인들의 일이었고 헌병도 와 있는 상황에 이럴 필요는 없다고 생각했다.

'어차피 수사도 헌병이 하고 처벌도 헌병이 할 테니까.'

조사를 마친 대한은 바로 천용득에게 다가갔고 대한을 본 천용득이 말했다.

"대한아, 네가 수사관들 대신 헌병 일 좀 해야겠다."

"예, 알겠습니다. 근데 수사관들은 안 쓰십니까?"

생각해보니 그랬다.

전문 인력도 있는데 왜 날 써?

그 물음에 천용득이 씩 웃으며 말했다.

"대한아, 선배로서 알려 주는 거니까 잘 새겨들어라. 이런 일은 최대한 안 새어 나가는 게 좋아."

"예?"

"헌병수사관? 내가 그 친구들을 어떻게 믿냐?"

"그래도 부하…… 아닙니까?"

"부하 맞지. 근데 헌병수사관이랑 친한 놈 하나라도 있으면 수사는 물 건너가는 거야."

"설마 그러겠……."

아니지. 충분히 가능성 있는 말이야.

대한은 서둘러 천용득의 말을 인정했다.

"충분히 가능성 있는 말씀이십니다. 역시 헌병대대장님은 다르신 것 같습니다."

"하하, 그래. 너라면 한 번에 알아들을 줄 알았다."

"그런데 대대장님?"

"응?"

"그러면 일을 어떻게 하십니까? 보통 수사관들이 수사를 다해 오지 않습니까. 그걸 다 안 믿는다면 대대장님이 하셔야 할일이 너무 많을 것 같은데……."

그 말에 천용득이 다시 한번 입꼬리를 올리며 말했다.

"궁금해?"

"예, 궁금합니다."

"영업 비밀이다, 인마. 헌병도 아닌 놈한테 그런 걸 어떻게 알려 주냐."

"아."

치사하네.

그냥 좀 알려 주지.

하지만 저 말이 왠지 헌병으로 들어오라는 말처럼 들려서 바로 호기심을 버렸다.

"알겠습니다. 더 이상 궁금해하지 않겠습니다."

"어이구…… 너도 참 칼 같은 놈이다. 일단 유 하사가 있던 숙영지부터 가 보자. 네 차 아직 굴러 가지?"

"아마 굴러는 갈 겁니다. 근데…… 제 차 타고 가려고 그러십니까?"

"응."

"그냥 대대장님 차 타는 게 낫지 않습니까? 그래도 사고 차인데 불안하지 않습니까?"

"안 불안해. 그리고 이유가 다 있어, 인마. 그러니까 출발이나 해, 얼렁."

천용득은 바로 조수석에 올라탔고 대한은 고개를 기울이며 일단 차를 몰기 시작했다.

※

두 사람은 주창헌의 대대가 머물고 있는 숙영지로 이동했다.

낙동강 전승 행사로 인해 주둔지가 아닌 근처의 한 수련원에서 숙영 중이었다.

수련원 입구는 당연히 막혀 있었고 위병근무자가 보이기 시작하자 대한이 물었다.

"저 암구호 모르는데 어떻게 합니까?"

"내가 뚫어 줄게, 가자."

그래.

이래야 K-군대지.

대한이 차를 끌고 입구로 다가가자 위병근무자가 다가와 운전석 앞에 섰다.

그런데 대한이 먼저 입을 열기도 전에 위병근무자가 먼저 대한에게 아는 체를 해 보였다.

"김 소위님? 어떻게 오셨습니까?"

차라리 다행이었다.

대한이 말했다.

"헌병대대장님이랑 숙영지에 확인할 게 있어서 왔어. 혹시 문 좀 열어 줄 수 있냐?"

"아, 물론입니다!"

대한의 얼굴을 알아본 위병근무자가 빠르게 철문을 열어 주었다.

그 태도에 대한은 약간 놀랐다.

뭐지?

왜 저렇게 고분고분하지?

대한은 인지하지 못하고 있었지만 현재 대한은 부대에서 최고 인기 스타였다.

그도 그럴 게 이제껏 쉬지 않고 일만 하던 그들에게 휴식을 취할 수 있도록 해 준 게 바로 대한이었으니까.

그 광경을 본 천용득이 키득거리며 말했다.

"너, 끝발 좋다?"

"……대대장님만 하겠습니까."

"아닐 걸? 참모총장이 와도 얼굴 모르면 안 열어 줄 걸?"

그 말에 대한은 자기도 모르게 고개를 끄덕였다.

그래, 위병 앞에서 계급이 무슨 상관이야.

얼굴 모르면 거수자지.

잠시 후 대한이 숙영지로 들어가자 철문이 닫혔고 두 사람은 질문을 위해 차에서 내렸다.

대한이 위병근무자에게 다가가 물었다.

"고생이 많다. 혹시 위병소 기록 남겨 놓고 있니?"

"예, 컴퓨터가 없어서 수기로 기록 중입니다."

"수기? 한번 볼 수 있을까?"

"옙, 잠시만 기다려 주십쇼."

위병근무자는 대한에게 수기로 적은 출입 기록부를 건네주었다.

대한은 그걸 받아 한번 슥 훑어본 뒤 천용득에게 주었고 천용득은 그것을 받아 든 후 대한을 빤히 쳐다보았다.

"너 되게 자연스럽다? 내가 위병소 기록부터 볼 거라고 말도 안 했는데."

아차.

너무 자연스러웠나.

대한은 능청스럽게 답했다.

"시간도 늦었는데 간부들 면담하실 건 아닐 것 같고 확인할 만한 게 이것 말고 더 있겠습니까. 눈치껏 했습니다."

"그래? 아무리 그래도 이걸 눈치로 때려 맞추다니, 역시 물건이야 물건."

천용득은 대한의 말에 큰 의심을 품지 않고 출입 기록을 체크하기 시작했다.

출입 기록은 행사 준비로 인해 오전, 오후 한 번씩만 적으면 되었고 그 외의 출입 기록을 찾기란 너무 쉬웠다.

대한은 천용득의 옆에서 같이 출입 기록을 확인하다가 위병 근무자에게 물었다.

"이거 혹시 언제 보고드린 거야?"

"보고 말씀이십니까?"

"수기로 적는데 대대장님이 확인 안 하셨어?"

"어…… 따로 말씀 주신 건 없습니다."

"그럼 이 출입 명부는 여기 온 날부터 계속 위병소에 있었겠네?"

"예, 맞습니다."

"누가 수정하거나 그러진 않았지?"

"일단 저희는 그런 적 없습니다."

위병근무자가 거짓말을 하는 것 같진 않았다. 그도 그럴 게 출입 기록을 손댄 흔적은 없었으니까.

대한은 위병근무자의 대답에 고개를 끄덕이며 물었다.

"당직 근무표 가지고 있어?"

"그건 없습니다. 상황 근무로 돌아가는 중이고 수시로 바뀌어서 지휘 통제실 가서 확인해 보셔야 할 것 같습니다."

대한이 천용득에게 물었다.

"어떻게 합니까? 지휘 통제실에 대대장님 가신 거 알려지면 뭔 일 있다고 소문나지 않겠습니까?"

"알아. 그래서 널 데려온 거 아니겠냐. 너 이 부대에 친한 간부 있냐?"

"제가 여기 친한 사람이 어디 있겠습니까."

"아는 간부도 없어?"

"굳이 안다면 중대장 하나가 있긴 한데……."

"그 정도면 됐어. 대한이 네가 다녀오면 되겠다."

"저 혼자 말입니까?"

"그럼 내가 직접 가서 나를 광고하고 오리? 당연히 너 혼자 가야지. 그냥 지휘 통제실 가서 그 중대장 만나러 왔다고 하고 당직 근무표 좀 가지고 와. 그 친구 통해서 조사도 좀 더 해 오면 좋고. 내가 괜히 네 차 타고 왔겠냐."

아.

로또부터
장군까지

대한은 그제야 왜 사고 차를 몰라고 했는지 이해가 됐다.

하긴.

차도 대한의 차량에다가 위병근무자만 입 다물면 천용득이 왔다는 사실은 아무도 모르게 된다.

대한이 고개를 끄덕이며 대답했다.

"애들 복귀할 때 같이 이동하겠습니다."

"크큭, 그래. 너는 내가 믿고 보낼 수 있지. 금방 다녀와. 헌병은 오래 대화 나누는 거 아니다."

"……저 헌병 아닙니다."

대답을 마친 대한은 때마침 근무를 마친 기존의 위병근무자들과 함께 지휘 통제실로 올라갔다.

지휘 통제실에는 근무자들의 총기함과 책상 몇 개, 그리고 부대에서 가져온 노트북이 전부였다.

어차피 대대 전체가 나온 상황이었고 따로 행정업무를 볼 일이 많이 없었기에 이 정도면 충분했다.

대한은 휑하니 비어 있는 지휘 통제실을 둘러보며 물었다.

"당직 근무 서는 간부는 어디에 있어?"

"어…… 분명 계실 텐데 아마 흡연하러 가신 것 같습니다."

"근무자가 누군데?"

"그게…… 잠시만 기다려 주십쇼. 확인해 드리겠습니다."

위병근무자는 당직 근무표를 확인했다.

대한도 그를 따라가 근무표를 살폈고.

"강 대위님?"

"예. 맞습니다. 그럼 정말 잠깐 흡연하러 가신 것 같습니다."

이 폐급 새끼.

총기함 키도 들고 갔네.

대한은 총기함 키가 없어서 복귀하지 못하고 있는 근무자들을 보며 한숨을 쉬었다.

물론 굳이 강예성을 찾으러 나가진 않았다.

담배 피우러 나간 거면 금방 돌아올 테니.

그사이 근무표를 촬영했고, 때마침 강예성이 지휘 통제실로 들어왔다.

"어? 대한이 네가 여기 어쩐 일이냐?"

"충성, 잠깐 심심해서 들렀습니다."

"그래, 컨테이너에만 있기엔 좀 심심하긴 하지? 자, 여기 총기함 키."

강예성은 목에 걸고 있던 키를 복귀자들에게 건넸고 위병근무자들은 익숙하다는 듯 키를 받아 총을 거치했다.

대한은 그 모습을 보며 혀를 찼다.

'쯧쯧, 근무자들만 불쌍하지.'

강예성이 커피포트를 작동시키며 물었다.

"커피 마실래?"

"아닙니다. 괜찮습니다."

"그래? 일단 거기 아무데나 앉아. 서 있지 말고."

"예, 알겠습니다."

대한은 강예성의 옆에 가서 앉아 물었다.

"궁금한 게 있는데 유 하사는 어디서 생활합니까?"

"어허, 이 새끼…… 유 하사한테 관심 있구나?"

"아니, 뭐 그런 건 아닌데 딱히 생활관이 나눠져 있지 않은 것 같아서 여쭤봤습니다."

"관심 있으면 있다고 말해 형이 제대로 밀어 줄 테니까."

관심은 무슨.

대한은 짜증이 치밀었지만 억지로 웃으며 대답했다.

"아닙니다, 그런 거."

"솔직하지 못하긴…… 올라오는 길에 건물 작은 거 하나 있잖아? 창고같이 생긴 거."

"아, 예. 봤습니다."

"거기서 생활하고 있어. 우리도 여군 하나뿐이라 따로 생활관 편성하기가 힘들더라고."

남군과 여군을 분리해서 생활할 수 있도록 보장해 주어야 했기에 어쩔 수 없는 조치긴 했다.

몇 명이 더 있었다면 한 층을 비워서 쓰면 됐겠지만 여군이 하나뿐이라 지금은 그게 최선이었다.

'그래도 컨테이너보단 낫겠지.'

아무튼 지금은 유소연이 어떻게 생활하는지가 중요한 게 아니었다.

열악한 환경이 이 사건의 중점은 아니었으니까.

대한이 물었다.

"뭐 좀 물어볼 게 있어서 그런데 유 하사 거기 있습니까?"

"아마 쉬고 있겠지? 왜, 불러 줄까?"

이것 봐라?

간부가 나간 것도 몰라?

주둔지에 있었다면 모르는 게 당연했다.

일과 이후에 간부들의 행동을 파악하는 건 사생활 침해였으니까.

그런데 주둔지도 아닌 밖에 나온 상황에서도 모른다?

이건 근무태만이었다.

'위병소에서 나가면 나갔다 들어오면 들어왔다 보고를 할 텐데.'

안 봐도 뻔했다.

강예성이 귀찮아서 그냥 넘긴 거겠지.

대한이 자리에서 일어나며 말했다.

"아닙니다, 별로 중요한 것도 아니고. 저는 먼저 가 보겠습니다."

"간다고? 컵라면 하나 먹고 가."

"괜찮습니다. 해야 될 게 좀 있어서 말입니다."

"이 밤에? 너도 고생이 많다. 수고해라."

"예."

대한이 어떤 일을 하고 있는지 알았으면 강예성은 어떤 반응이었을까.

대한은 조용히 한숨을 내쉬며 경례를 하고 나왔다.

Chapter 4

대한이 찍어 온 사진들을 천용득에게 보여 주었다.

"근무표입니다. 유 하사가 밤에 나간 날들 체크해서 근무자들에게 확인해 보면 될 것 같습니다."

"내일 아침에 주 중령 많이 놀라겠구만."

"왜 놀랍니까?"

"유 하사가 복귀 안 한 걸 알게 되잖아."

"음, 아마 모를 겁니다."

"응? 왜지?"

"지금도 모르고 있습니다."

"……뭐?"

"사실입니다. 지금 당직 근무자도 모르고 있습니다."

"그럴 수가 있나?"

"그러게나 말입니다."

"쯧, 이번 기회에 제대로 털어야겠구만."

그 말에 대한이 조용히 웃었다.

"다음 목적지로 모십니까?"

"다음 목적지가 어딘 줄 알고?"

"식당에 가실 것 같습니다. 주 중령이랑 유 하사가 식사했던 곳."

대한을 조용히 쳐다보던 천용득은 이젠 별로 놀랍지도 않다는 듯이 말했다.

"이유는?"

"그때 근무자가 누군지도 확인했고 두 사람이 식당에서 나간 시간 맞춰서 언제 복귀했나 확인해 봐야 하지 않겠습니까."

"정확해. 출발해."

부웅!

차가 출발한다.

그리고 천용득은 다시 한번 생각했다.

'선배한테 진지하게 한번 말해 봐야겠어.'

소위 때가 이 정도인데 경험이 쌓이면 얼마나 대단해질지 감도 안 왔다.

천용득은 그런 인재를 정말 놓치고 싶지 않았다.

"실례하겠습니다."

"어머, 어서 오세요. 몇 분이세요?"

"2명이긴 한데…… 사장님, 혹시요."

대한은 적당한 핑계거리로 사정을 만든 뒤 사장님에게 CCTV 확인에 대한 허락을 받아 낼 수 있었다.

친절한 사람이라 다행이었다.

두 사람은 사장과 함께 영상을 확인하기 시작했고 얼마 뒤 주창헌과 유소연이 술을 마시던 영상을 확인할 수 있었다.

대한은 조용히 그 영상을 찍었고 목적을 완수한 뒤 가게를 나섰다.

"찍었냐?"

"예, 잘 나왔습니다."

"그럼 이제 대대 주둔지로 가자."

"주둔지는 왜 가십니까?"

"주 중령의 이런 짓거리가 어디 하루 이틀이었겠냐, 분명 행사 전부터 이랬을 건데 그때도 이런 식으로 데리고 나왔는지 알아봐야 될 거 아냐."

"근데 거기 인원들은 제 얼굴을 모를 텐데 이번엔 어떻게 들어가려고 그러십니까? 암구호도 모릅니다."

"그냥 네 이름 팔아. 행사 파견 나왔는데 잠시 컴퓨터 좀 쓰러

왔다고. 그럼 당직 근무표도 확보할 수 있잖아."

"예, 알겠습니다."

대한의 차가 다시 출발한다.

자료 수집을 마친 두 사람은 대한이 머무는 컨테이너로 돌아왔다.

컨테이너로 돌아오자 병력들이 대한을 기다리고 있었고 차에서 내리는 천용득을 보고 깜짝 놀라며 번개같이 경례했다.

"충! 성!"

"어어, 됐다. 편하게 있거라."

"아닙니다!"

"오버하지 말고 앉아. 그보다 대한아, 이제 자료 정리 시작하자."

"예, 좋습니다."

"그보다 넌 안 피곤하나?"

"괜찮습니다. 대대장님 피곤하시면 좀 쉬십쇼, 저 혼자 하겠습니다."

"혼자? 괜찮겠어?"

"아니면 애들 데리고 일 좀 해도 되겠습니까?"

"애들? 애들은 좀 그렇지 않나?"

"어차피 애들도 다 알고 있습니다. 주 중령이랑 유 하사 식사 하는 거 찾은 게 바로 이 친굽니다."

"그래? 그렇다면 오케이지."

"예, 그럼 바로 시작하겠습니다."

천용득에겐 일부러 도와달라고 하지 않았다.

아무리 대한이 일을 잘해도 대대장을 막 부려먹기엔 좀 그랬으니까. 게다가 이제부터 해야 될 일들은 순 노가다뿐이었기에 차라리 손발 맞는 사람끼리 하는 게 나았다.

대한은 병력들과 자료를 옮긴 뒤 조사해 온 자료들을 일일이 대조해 보기 시작했다.

그러길 한참.

자료 정리를 마치고 보니 어느덧 한 장으로 요약되어 있었다.

"대대장님 다 끝났습니다. 한번 봐주십쇼."

"빨리 했네? 한번 보자."

천용득이 종이를 살피자 대한이 설명을 시작했다.

"보시면 유 하사가 나간 날 대부분 주 중령이 따라 나가고 있습니다. 그리고 저희가 두 사람이 술 자리하는 걸 목격했을 때도 복귀 시간이 많이 늦습니다."

"사단장님이 그렇게 강조했는데 21시 안에 들어 온 날이 없구나."

"그렇습니다. 그리고 주 중령이 차량을 타고 복귀한 걸 보아

음주운전도 상습인 것으로 생각됩니다."

"그렇겠네. 그런데 이건 못 잡아. 잡을 거면 현장에서 잡아야 돼."

"예, 개인적으로 아쉽게 생각하는 부분입니다."

"어휴, 그나저나 이 양반은 대체 무슨 생각으로 이렇게 돌아다닌 거야? 이게 다 진짜면 군복 벗는 걸로는 안 끝날 텐데."

그때 두 사람의 대화를 잠자코 듣고 있던 박태현이 오묘한 표정으로 말했다.

"저, 소대장님?"

"왜?"

"이번 사건이랑 관계된 건지는 모르겠는데 저희가 처음으로 유 하사 차에 탔던 날 있지 않습니까."

"네가 첫눈에 반한 날?"

"……예, 그날 말입니다. 아무튼 그때 제 발에 걸린 비닐봉지 안에 번개탄이 들어 있었던 컷 같습니다."

그 말에 대한이 황당하다는 표정으로 박태현을 보았다.

"그걸 왜 이제 말해?"

"유 하사도 저희처럼 바비큐 파티 할 때 쓰려고 그러는 줄 알았습니다."

그때였다.

"바비큐 파티?"

천용득이 고개를 들고 대한을 뻔히 쳐다보기 시작한 건.

미치겠네.

그걸 이 자리에서 왜 말하는 거야?

눈치가 없나?

박태현도 뒤늦게 잘못을 파악하고 바로 입을 다물었다.

하지만 이미 늦었다.

천용득이 낮은 목소리로 말했다.

"파견을 와서 고기를 구워 먹어?"

"……죄송합니다."

웃음으로 무마가 될 건이 아니라 대한은 바로 혼날 준비를 했다. 그러나.

"나는 왜 안 줘?"

"……잘못 들었슴다?"

"뭘 죄송한 척 쭈그리고 있냐? 파견 나오면 그런 낙으로 사는 거지. 쫄지 마, 인마. 오히려 난 기쁘다. 알아서 잘 즐기고 살고 있다는 것에 대해."

하.

정말 다행이었다.

만약 유도리 없는 사람이었다면 크게 깨졌을 문제였으니까.

그렇기에 대한이 얼른 전찬영에게 말했다.

"찬영아, 혹시 지금 라면 하나 가능하나?"

"당장 해 오겠습니다."

"대대장님 취향에 딱 맞춰서 하나 부탁한다."

"예, 알겠습니다!"

그 말에 천용득이 만족스럽다는 듯 씩 웃었다.

"역시 센스가 좋아. 그보다 박 병장? 그때 상황 좀 다시 설명해 줄래? 아니, 그보다 왜 번개탄이라고 생각한 거야? 착각한 거 아냐?"

"아닙니다. 그때 저희 모두가 유 하사 차에 탔는데 그때 뒷자리에 유 하사 짐도 있는데다 인원도 많아서 비집고 들어가 탔습니다. 그때 웬 봉지 하나를 만졌는데 안에 잡히던 모양도 그렇고 제 손에 검은 것도 묻어 나온 걸 보면 번개탄이 확실한 것 같습니다."

"흠."

일리가 있다고 생각했다.

그나저나 저게 사실이라면 꽤 오래 전부터 자살 생각을 하고 있었다는 건데…….

유소연이 얼마나 힘들었을지 짐작조차 가지 않았다.

"확인해 볼 필요가 있겠네."

"유 하사가 일어나면 물어보겠습니다."

"별일 없어야 할 텐데."

"건강에는 지장이 없다고 했으니 쾌차할 겁니다."

"그래, 반드시 그래야지."

두 사람이 고개를 끄덕인다.

✳

다음 날 아침.

대한과 천용득은 밤새 컨테이너에서 유소연이 일어나면 어떻게 움직여야 할지에 대한 계획을 짰다.

정리가 끝나고 쪽잠을 자던 중 천용득의 휴대폰이 울렸고 전화를 마친 천용득이 말했다.

"유 하사 일어났단다. 사단장님이 직접 보고 전화 주셨어. 지금 식사 중이라고 천천히 넘어오라고 하시더라."

"바로 출발하십니까?"

"바로 가야지."

사단장이 천천히 오란다고 천천히 갈 미친놈은 없을 것이다.

두 사람은 서둘러 병원으로 향했고 두 사람이 경례하려던 찰나, 엄두호가 입술에 검지를 붙였다.

"병원이잖아, 조용히 하게."

"아, 예."

"그보다 어제 좀 돌아다녀 봤나?"

"예. 김 소위랑 같이 숙영지와 주둔지, 그리고 근처 식당까지 다녀와서 자료를 모았습니다."

"김 소위가 파견 나와서 고생이 많네."

"괜찮습니다. 그나저나 사단장님이야말로 얼른 좀 쉬셔야 하지 않겠습니까? 많이 피로해 보이십니다."

"괜찮다. 오랜만에 밤새우긴 했다만 군인이 하루 안 자는 거 야 흔한 일이지."

"사단장님, 제가 관사로 모시겠습니다. 가면서 밤에 있었던 일들 말씀드리겠습니다."

"그럴까. 그럼 김 소위가 나 대신 자리 좀 지켜 주게."

"예, 알겠습니다."

엄두호와 천용득이 빠져나가자 대한은 유소연에게로 향했고 대한을 본 유소연이 깜짝 놀라 경례를 올리려고 했다.

그 모습을 본 대한이 손을 저었다.

"괜찮습니다. 환자가 경례는 무슨. 그보다 몸은 좀 괜찮습니까?"

"예, 사단장님께 말씀 들었습니다. 죄송합니다, 김 소위님."

"뭐가 죄송하십니까? 오히려 사과는 제가 해야죠."

"예? 그게 무슨……."

"제가 유 하사가 하려는 거 방해했잖습니까."

"아……."

그 말에 유소연이 부끄럽다는 듯 몸을 움츠렸다.

그로부터 얼마 뒤, 짧은 침묵 속에서 대한이 먼저 말했다.

"그동안 혼자 얼마나 힘드셨습니까."

"……네?"

"사실 얼마 전에 주 중령이랑 둘이 있는 걸 봤습니다. 보자마 자 바로 헌병대대장님한테 말씀드리긴 했는데 간발의 차이로

놓쳐서 추가로 조치할 수가 없었습니다. 하지만 이번엔 다를 겁니다. 간밤에 할 수 있는 조사는 다 했고 이번엔 절대로 같은 실수를 반복하지 않을 겁니다."

"……."

대한의 말에 유소연은 얼마간 대한을 쳐다보더니 아랫입술을 꽉 깨물었다.

그리고 고개를 떨어뜨렸다.

그녀의 어깨가 몇 번 정도 들썩였다.

대한은 아무 말 없이 그녀를 기다려 주었고 얼마 뒤 그녀가 다시 고개를 들자 대한은 말없이 그녀가 먼저 말하길 기다렸다.

이윽고 그녀가 말했다.

"……우선 감사하다는 말씀부터 드리고 싶습니다. 사단장님한테 이야기는 대강 들었습니다."

"해야 할 일을 했을 뿐입니다. 그래서 말인데…… 혹시 혹시 해 주실 말 있으십니까?"

"예, 있습니다."

유소연의 표정이 결연해졌다.

※

대화를 마친 대한은 유소연이 혼자 쉴 수 있도록 자리를 비켜 주었다.

그렇게 주차장에 앉아 천용득을 기다리길 한참, 저 멀리 천용득의 차가 보였다.

"많이 기다렸냐?"

"아닙니다. 사단장님이 뭐라고 하십니까?"

"하고 싶은대로 알아서 해 보란다. 숙영지로 가자."

"예, 알겠습니다."

역시 시원시원한 양반이야.

대한은 차로 이동하면서 유소연에게 들었던 말들을 들려주었다.

"……마음고생이 많았겠군."

"예, 그래서 말인데 이번 사건에서 처벌받아야 될 사람은 주중령 하나가 아닐 것 같습니다."

"아까 말한 그 녀석 말이지?"

"예."

"그럼 그 녀석은 네가 맡아. 내가 주 중령을 맡을 테니까."

"예, 알겠습니다."

두 사람은 숙영지에 도착하자마자 약속대로 각자 움직이기 시작했다.

천용득은 주창헌에게, 대한은 강예성에게.

흡연장에서 강예성을 만나기로 한 대한은 얼마 뒤 트레이닝복 차림의 강예성을 만날 수 있었다.

대한을 본 강예성이 너스레를 떨었다.

"너 많이 심심한가 보다?"

"충성. 쉬고 계셨습니까?"

"어, 그냥 폰 보고 있었다. 너 왔다길래 담배나 한 대 같이 피우려고 내려왔지."

"전 비흡연자입니다."

"뭐야, 근데 왜 흡연장에서 보자고 해?"

"몇 가지 좀 여쭤볼 게 있어서 왔습니다."

"나한테?"

"예, 혹시 며칠 전에 대대장님이랑 유 하사 늦게 복귀했을 때 기억나십니까?"

"……그걸 네가 어떻게 알아?"

강예성의 표정이 살짝 굳는다.

"그때, 당직 근무셨지 않습니까?"

"그렇지?"

"그럼 그때 유 하사 복귀한 거 확인하셨습니까?"

"아니? 안 했는데? 간부가 알아서 복귀하는 거지 뭘 그런 걸 확인해?"

"알아서 복귀하는 건 맞는데…… 평범한 상황은 아니지 않습니까?"

"그게 무슨 말이야?"

대한의 진지한 표정과 목소리에 강예성이 입에 문 담배를 다시 손가락으로 옮긴다.

대한은 유소연이 따로 이야기한 것들 중 하나를 떠올렸다.

'그때 분명 택시가 안 잡힌다고 당직 대기차 요청했는데도 안 보내 줬다고 했었지.'

물론 무조건 보내 줘야 하는 의무가 있는 건 아니다.

당직 대기차가 그렇게 쓰이라고 있는 건 아니었으니까.

하지만 대부분은 술 먹고 들어오는 간부들을 위해 운행되는 편.

그렇기에 여기서 중요한 건 요청을 거절한 것에 대한 사유였다.

"대대장님 복귀할 때 맞춰서 보내 준다고 하셨지 않습니까?"

"그게 왜? 대대장님도 어차피 들어오실 텐데 같이 들어오면 편하잖아."

틀린 말은 아니었다.

오히려 하사가 개인적으로 당직 대기차를 쓰는 게 더 이상한 상황이었으니까.

하지만.

"많이 급하다고 중대장님께 이야기했다던데 왜 그걸 안 들어주십니까?"

"야, 하사가 급한 게 어딨다고 그래? 하여튼 유 하사 때문에 이런 변명까지 해야 하다니…… 게다가 전에도 이런 일이 자주 있어서 안 보낸 거야."

"어떤 일 말입니까?"

"비슷해. 급하니까 당직 대기차 좀 부탁한다고. 그땐 불러 줬지. 근데 다음 날 멀쩡하게 출근하잖아. 그럼 뭐 별일 있는 거냐? 아무 일도 없었잖아."

"그럼 그냥 또 불러 주지 그랬습니까. 어차피 중대장님이 운전하시는 것도 아닌데."

"야, 뭔 말을 그렇게 하냐? 대대장님이 본인 들어올 때 간부들을 다 같이 보내라고 했단 말이야. 난 그냥 지시 사항에 따른 거야."

같잖은 지시사항이다.

하지만 중요한 건 다른 간부들은 당직 대기차를 보내 줬다는 것.

대한이 미간을 좁히며 말했다.

"그럼 저번 달 금요일 당직 서실 때 유 하사 전화는 왜 안 받았습니까?"

"금요일 당직? 아, 그땐 내가 졸았어. 전날 뭐 좀 한다고 엄청 피곤했거든. 근데 너 아까부터 왜 자꾸 이런 거 물어보냐? 뭐, 나 취조하냐?"

"아닙니다."

"아니긴 뭐가 아냐? 너 설마 걔랑 사귀냐? 걔가 너한테 내 욕하디?"

"……그런 거 아닙니다."

"아니긴, 말투가 딱 봐도 여친 대신해서 화내 주러 온 남친 폼인데…… 야, 그래도 적당히 해라. 남자가 가오 떨어지게 이게 뭐냐?"

대한은 더 상대할 가치를 느끼지 못 하고 대충 헤어졌다.

강예성은 낄낄 웃으며 손을 흔들어 주었고 다시 차량에 돌아와 천용득을 기다리길 얼마간, 얼마 뒤 얼굴이 벌게진 천용득이 조수석에 탑승했다.

"하, 시발……."

"왜 그러십니까?"

"새끼가 유 하사 이야기가 나오니까 어찌나 역정을 내던지, 욕만 잔뜩 처먹고 왔다."

"대대장님이 무슨 욕을 드십니까."

"유 하사한테 관심 있냐고 역반하장으로 구는데 얼탱이가 없더라. 그나저나 넌 이야기 좀 했냐?"

"예, 전 상대가 좀 모자라서 제대로 확보할 수 있었습니다."

"모자라?"

그 말에 대한이 휴대폰을 꺼내 몰래 녹음한 녹음 파일을 들려주었다.

"……얘는 대체 무슨 생각으로 군 생활을 하는 거냐? 대위라고?"

"예, 중대장하고 있습니다."

"얘도 곱게 전역하긴 글렀네. 이봐라. 대대장이 이상하니까 중대장도 상태가 삐리하잖아."

"어차피 빠르게 취업할 거라 대충 복무한다고 들었습니다."

"쯧쯧, 내가 그 꼴은 또 절대로 못 보지."

"근데…… 정말 괜찮겠습니까?"

"뭐가?"

"사단장님 말입니다."

대한의 걱정은 진심이었다.

이렇게 큰 사고에서 엄두호라고 책임을 피해 갈 수 있는 건 아니었으니까.

천용득이 말했다.

"최대한 피해 안 가게 하는 게 내 능력 아니겠냐. 뭐, 사단장님도 자긴 괜찮으니 알아서 하라고 하셨긴 하지만…… 일단 오늘은 끝내자. 어젯밤부터 고생 많았다."

"예, 대대장님도 고생 많으셨습니다. 그럼 이동하는 동안 잠시 눈 좀 붙이십쇼."

"어우, 그럼 눈 좀 붙이마."

대한이 피식 웃으며 운전대를 잡는다.

✳

다음 날 오전.

대한은 피곤한 몸을 이끌고 차량에 몸을 올렸다.

박태현이 조수석에 올라 하품하며 말했다.

"흐아엄, 그나저나 소대장님도 참 대단하십니다. 안 피곤하십니까?"

"피곤하지…… 오늘 끝나자마자 복귀해서 잘 거야."

대한은 천용득을 데려다 준 뒤 바로 행사장으로 이동했다.

폭탄을 설치하기 전에 미리 도전선(폭파에 사용되는 전기를 점화기로부터 전기 뇌관에 전달하는 선)을 깔아 놓기 위함이었다.

피곤했지만 어쩔 수 없었다.

할일은 해야 했으니까.

얼마 뒤, 행사장에 도착하자 행사장을 청소하는 대대 병력들을 볼 수 있었다.

주창헌과 강예성은 보이지 않았다.

아마도 누군가에게 호출을 당한 모양.

만족스러웠다.

이건 다 엄두호가 일처리를 잘해 줘서 그런 거니까.

그때 대대 소령 계급장을 찬 사람이 대한에게 다가왔다.

대대 정작과장이었다.

"네가 대한이구나?"

"충성! 예, 그렇습니다."

"나 대대 정작과장이다. 오늘 사단에서 대대장님을 급하게 호출하는 바람에 내가 현장 지휘하러 왔다. 이야기를 들어 보니 너한테 다 물어보면 된다고 그러시던데."

대대 넘버 2도 모르는 상황이라고?

그래서일까?

대한은 묘하게 그가 짠해졌다.

'이 양반도 상관 잘못 만나서 한동안 고생하겠구만.'

대한이 고개를 끄덕이며 말했다.

"예, 맞습니다. 근데 더 할 건 없을 것 같습니다."

"왜 없어? 지금이라도 보완해야 할 걸 찾아보는 게 좋지 않을까?"

"아닙니다, 준비는 완벽합니다. 이따 제가 마지막으로 둘러보고 미흡한 게 있으면 말씀드리겠습니다. 그때 도와주시면 감사할 것 같습니다."

대한은 엄두호와 내적 친밀도가 엄청나게 올라가 있는 상태였다.

그도 그럴 게 엄두호의 부하도 아닌 상황에서 그를 돕기 위해 주말도 반납하고 뛰어다녔으니까.

물론 그렇다고 이것만 믿고 일을 대충 한 건 아니었다.

'주창헌이랑은 비교도 할 수 없을 만큼 깔끔하게 준비해 놨지.'

그래서 굳이 병력들을 굴리고 싶지 않았다.

정작과장은 대한의 말이 별로 마음에 들지 않았지만 딱히 할 말은 없던 터라 고개를 끄덕인 후 자리를 벗어났다.

그때 마침 엄두호에게서 전화가 왔다.

"충성! 소위 김대한 전화받았습니다!"

－지금 가 봐도 되겠나?

"예, 바로 오셔도 됩니다."

－정신없었을 텐데…… 감안해서 보마.

"아닙니다. 냉정하게 보셔도 됩니다."

－하하, 그래 알겠다. 5분 뒤에 도착한다는구나.

"예, 조심히 오십쇼. 충성!"

늦게 올 줄 알았는데 생각보다 빨리 왔다.

대한을 빨리 쉬게 하고 싶어서 일부러 일찍 온 것이다.

대한도 그 의도가 느껴져 입가에 미소를 띠었다.

'볼수록 참 괜찮은 사람이란 말이지…… 부디 이번 사건으로 피해가 없었으면 좋겠는데.'

물론 피해를 완전히 안 볼 순 없을 것이다. 그렇기에 천용득을 한번 믿어 보기로 했다.

잠시 후, 엄두호의 차량이 행사장 입구에 도착했다.

"부대 차렷! 사단장님께 대하여 경례!"

"충! 성!"

엄두호가 차에서 내려 대한에게 다가와 말했다.

"준비할 시간도 없었을 텐데 괜찮나?"

"어제 병력들이랑 같이 와서 마무리해 놨습니다."

"안 피곤하더냐."

"군인이 하루 밤새는 거 가지고 힘들어 하면 안 되지 않습니까."

그 말에 엄두호가 피식 웃었다.

자기가 병원에서 했던 말이기 때문이다.

"그래, 그것도 맞지. 그럼 여기서 설명해 봐라. 내려가면 또 고생이다."

"예, 알겠습니다."

대한은 폭탄의 위치와 터지는 순서를 설명하며 병력들에게 연기도 준비시켰다고 말했다.

그러자 엄두호가 물었다.

"연기 준비는 왜?"

"한번 보시겠습니까? 연습시킨 덕에 현장감이 더욱 살아났습니다."

"아니. 볼 필요는 없을 것 같다. 안 봐도 어련히 알아서 잘했겠지. 행사 당일 날 보마."

"감사합니다."

그 말에 대한이 속으로 웃었다.

다른 사람도 아니고 사단장의 전폭적인 신뢰다.

장교로서 당연히 웃음이 날 수밖에.

그러나 미소를 완전히 감추지 못했는지 엄두호가 대한의 입 꼬리를 보며 웃었다.

"웃기는…… 지금 대대 병력들은 누가 인솔하고 있나?"

"대대 정작과장이 대대장 대리 임무 수행 중입니다."

"흠, 일도 김 소위가 다 마무리해 놨으니까 상관없겠지. 그나
저나 파견 복귀는 언젠가?"

"복귀 명령 내려 주시면 그때 가겠습니다."

"복귀 명령 안 내리면 어떻게 하려고?"

이 양반 또 장난치네.

근데 그게 별로 기분 나쁘지가 않다.

대한이 웃으며 말했다.

"행사 마무리하는 것까지 보고 복귀하겠습니다."

"빈말이라도 내 옆에 붙어 있겠다고는 안 하는구만. 현장에
뭔 일 생기면 나한테 바로 보고하고 오늘은 바로 숙소로 복귀
해서 쉬거라. 대대 병력들한테도 말해 주고."

"예, 알겠습니다. 충성!"

엄두호는 행사장에 내려가 보지도 않고 마지막 점검을 마쳤
다.

대한은 엄두호가 사라진 걸 확인한 뒤에야 저 멀리 사단장을
기다리고 있을 정작과장에게 다가갔다.

대한이 혼자 내려오자 정작과장이 고개를 기울이며 물었다.

"사단장님은?"

"좀 전에 가셨습니다."

"가셨다고?"

"예, 확인 다 하고 복귀하셨습니다."

"도대체 뭘 보셨다고……?"

"제가 완벽하다고 말씀드렸잖습니까."

그 말에 정작과장은 어이가 없었지만 사단장이 직접 그리 보고 갔다고 하니 고개를 끄덕일 수밖에 없었다.

"그, 그래. 사단장님도 딱 알아차리셨나 보네. 내가 봐도 완벽해 보인다."

"감사합니다. 그리고 사단장님이 오늘은 여기까지 하고 복귀하라고 하셨으니 바로 복귀하시면 될 것 같습니다."

"뭐 복귀? 오늘 여기 와서 한 게 없는데……?"

"시작이 반이라고 여기에 오셨지 않습니까. 그럼 이미 반이나 한 것과 다름없으니 복귀하시면 될 것 같습니다. 그럼 전 먼저 가 보겠습니다. 충성!"

"어, 그래, 충성……."

정작과장의 황당한 표정.

그러나 대한은 아랑곳 않고 얼른 컨테이너로 복귀했다.

얼른 눈을 붙이고 싶었기 때문이다.

✳

창문 없는 어두운 방.

천용득과 주창헌이 책상을 사이에 두고 마주 보고 앉아 있었다.

천용득은 펜을 책상에 톡톡 치며 주창헌을 빤히 쳐다보며 말했다.

"말 안 할 겁니까?"

그러나 주창헌은 이번에도 천용득의 말을 무시했다.

천용득이 답답함에 한숨을 내쉬었다.

"답답하네, 정말. 아니, 내가 몇 번을 이야기합니까. 입 닫고 있어서 당신한테 좋을 게 하나도 없다니까? 어차피 다 나와요."

"어차피 나오는데 내가 말할 필요 없잖아?"

"쉽게 쉽게 좀 갑시다. 이렇게 뻐팅긴다고 손바닥으로 하늘이 가려집니까?"

"아니, 근데 이 자식이 보자보자 하니까…… 너 말투가 왜 그래? 내가 만만해 보여? 어? 그깟 여군 하나 때문에 내가 휘청거리기나 할 것 같아?"

"휘청이면?"

"뭐?"

"너야 말로 내가 좋게 말하니까 만만해 보이지?"

"무, 뭐?"

"뒷배 믿고 까부는 거 같은데 잘 생각해. 네 뒷배가 셀 거 같냐 내 뒷배가 셀 거 같냐? 여태 내 도움받은 장군들 이름 좀 읊어 줘? 아직 현역에 계신 분도 많은데."

그 말에 주창헌이 마른침을 꼴깍 삼켰다.

천용득의 말마따나 진짜 뒷배 경쟁으로 붙으면 자신은 이길 재간이 없었다.

일개 대대장 뒷배라고 해 봤자 같이 근무했던 상급자 몇 명이 전부일 테니.

하지만 천용득은 달랐다.

그는 무거운 사고를 오랫동안 다뤄 왔던 만큼 꽤 많은 사람들에게 도움을 주었다.

그중 장성도 부지기수.

얼마간 침묵을 유지하던 주창헌이 어렵사리 입을 열었다.

"……무슨 징계를 받으면 되나."

"뭐?"

"생각하고 있는 징계가 있을 거 아냐. 여기까지 온 걸 보면 견책은 아니겠고, 근신? 감봉? 뭔데? 최대한 좀 깎아 줘."

딴에는 저자세라고 생각하고 뱉은 말이었다.

여전히 자존심을 내려놓지 못했으니까.

하지만 그래선 안 됐다.

주창헌의 말을 들은 천용득의 표정이 염라의 그것처럼 싸늘하게 굳어지기 시작했다.

"네가 진짜 미쳤구나?"

"무, 뭐?"

"여기가 시장이야? 넌 내가 무슨 일이 있어도 군 법원 보내서 제대로 처벌받게 한다. 이 새끼가 사람 대접해 주니까 실실 쪼개면서 간을 봐?"

"아, 아니! 천 중령! 잠시만 진정해 봐. 나한테 서운한 거 있어? 법원이라니? 뭐 이런 걸로 군 법원까지……!"

"아가리 안 닥쳐?"

그때, 밖에서 누군가 문을 두드렸다.

밖에서 대기하고 있던 수사관이었다.

혹시 모를 천용득의 폭주를 제동해 줄 브레이크이기도 했고.

수사관의 노크에 천용득은 한숨을 푹 내쉬며 머리를 쓸어 넘겼다.

"알겠다, 가 봐라."

자주 있었던 일인지 노크를 한 인물도 천용득의 말을 듣고는 자연스럽게 문에서 멀어졌다.

천용득이 다시 시선을 옮겨 주창헌에게 말했다.

"수사관 덕분에 산 줄 알아라. 옛날 같았으면 넌 벌써 따귀 맞았어. 알아?"

분위기가 완전히 바뀌었다.

주창헌은 입을 꾹 다문 채 눈알만 이리저리 굴렸다.

그러길 한참, 주창헌이 힘겹게 말을 잇기 시작했다.

"……혹시 전화 한 통만 해도 되겠나?"

"왜? 빽한테 살려 달라고 해 보게?"

"아니, 그게 아니라 유 하사가 뭔가 오해하는 것 같아서 대화를 좀 해 보려고 하는데……."

"뭐?"

"아니, 들어 봐. 유 하사가 전에는 안 그랬단 말이야. 요즘 행사 때문에 예민해지긴 했는데 전에는 진짜 안 그랬다고."

"야, 수사관! 그냥 이 새끼 데려가! 새끼가 아직도 정신을 못 차리네. 넌 대화할 가치도 없다. 꺼져."

"자, 잠깐! 전화 한 번만 할게! 오해라니까! 진짜 오해라고!"

"뭐 해! 안 데려가고!"

더 들을 필요도 없었다.

천용득의 불호령에 수사관들은 얼른 주창헌을 데리고 나가 철창 안에 집어넣었다.

하나 주창헌은 그 와중에도 자신의 결백을 주장했다.

전화 한 통화만 하게 해 달라면서.

그때였다.

"씨이발! 3년이라니! 아악!"

철창 너머 옆방에서 누군가 악에 받힌 소리를 질렀다.

3년 형을 확정받은 곽주진의 비명이었다.

※

행사 당일.

대한은 오전 일찍 나와 마지막 점검을 하는 중이었다.

실제 폭탄을 터트리는 경험은 대한도 몇 번 없었기에 철저히 점검했다.

그때, 누군가 조용히 대한의 뒤로 다가왔다.

"전색 잘해 났네."

익숙한 목소리.

다름 아닌 이원영이었다.

"추, 충성! 단장님, 여긴 어쩐 일이십니까?"

"어쩐 일이긴, 너 보러 왔지. 그나저나 고생 좀 했나 보다? 얼굴에 살이 쪽 빠졌어."

자길 보러 왔다는 말에 대한은 진심으로 감동했다.

그렇기에 웃으며 대답했다.

"부대 들어가서 다시 찌우겠습니다."

"부대 와서 놀겠다는 이야기처럼 들린다?"

"하하, 고생해도 부대에서 고생하겠다는 말입니다."

"오랜만에 보는데도 그 입은 변함이 없구만. 그래, 점검 중이었나?"

"예, 마지막으로 한번 둘러보는 중이었습니다."

"그래? 그럼 어디 한번 직접 확인해 볼까? 우리 부대 먹칠하고 있었던 건 아닌지 말이야."

말은 저렇게 했지만 도와준다는 말이었다.

그리고 얼마 뒤, 점검을 마친 이원영이 흡족한 표정으로 고개를 끄덕였다.

"잘 했네. 걱정 안 해도 되겠어."

"감사합니다."

"엄 장군님이 일부러 부르신 이유가 있었어. 이거, 혼자 보기 아까울 정도다."

아.

갑자기 왜 왔나 했더니 그런 사연이 있었군.

어쨌든 자신을 보러 왔다는 사실 자체는 맞았기에 대한의 감동은 그대로였다.

그때, 이원영이 생각지도 못한 말을 했다.

"그동안 일이 많았다며? 안 그래도 들었다. 너희 대대장 통해서 천 중령과 있었던 일까지 전부. 천 중령이 매일같이 보고해 주는 것 같더라고."

그 말에 대한이 어색하게 웃으며 말했다.

"하하…… 파견이 이렇게 힘든 건 줄 몰랐습니다."

"알차게 배웠다고 생각해. 쉽게 경험할 수 있는 일들은 아니니까. 그래서 말인데 뭐, 궁금한 거 있나? 아는 선에서 대답해 줄게."

"그럼 혹시 그쪽 현재 진행 상황에 대해서도 아십니까?"

"천 중령이 영혼을 갈아 넣어서 조사 중이라더라. 들기로는 정신 못 차리고 나대고 있다던데…… 무튼 여군 하사가 직접 진술한 것들을 토대로 사실 확인 중인 것으로 알고 있다."

다른 사람도 아니고 헌병대대장이 영혼을 갈아 넣고 있다고 하니 안심이 되었다.

그렇기에 대한은 얌전히 그의 연락을 기다리기로 했다.

어차피 일이 끝나면 천용득이 알아서 전화를 줄 테니까.

이어서 두 사람은 행사장에 만들어 놓은 관람석으로 이동했다.

얼마 뒤, 엄두호가 참모진들과 함께 관람석에 도착했다.

"충성!"

"어, 이 대령. 일찍 왔구만?"

엄두호가 이원영의 경례에 손을 내밀었다.

"처음 뵙겠습니다, 선배님."

"그래, 얼굴 보니까 반갑네. 김 소위랑 오랜만에 볼 텐데 이야기 좀 했나?"

"예, 예상했던 대로 잘 있어서 다행입니다."

"다 내가 잘 챙겨 줬으니까 그렇지. 안 그런가, 김 소위?"

이 양반들 봐라?

한 거라곤 일거리만 잔뜩 던져 줬으면서.

그러나 머리와 입은 따로 놀았다.

"예, 그렇습니다! 사단장님이 배려해 주신 덕에 부대만큼 편하게 지낼 수 있었습니다."

"부대만큼? 부대보다 안 편했어?"

"앗, 다시 생각해 보니 부대보다 훨씬 편했던 것 같습니다!"

"들었지 이 대령? 정말 김 소위 생각한다면 내 밑으로 장기 파견 보내. 내가 잘 해 줄테니."

그 말에 이원영이 웃으며 답했다.

"하하, 제가 부대를 더 편하게 한번 만들어 보겠습니다."

"빈말이라도 준다는 말은 안 하는구만. 그래, 이 대령 정도면 멋진 부대 만들 수 있을 거야. 좀 있다가 행사 끝나고 얼굴 비추고 가."

"예, 알겠습니다!"

엄두호는 장난과 함께 가벼운 인사를 한 뒤 귀빈들을 맞이하러 이동했다.

그리고 얼마 뒤, 본격적으로 행사가 시작되었고 순서에 맞춰 장간이 폭파되었다.

콰아아앙!

나무 부스러기가 사방에 흩어지며 볼만한 장관이 연출됐다.

사람들은 연신 감탄했고 참전용사들은 박수를 쳤다.

엄두호는 함께 박수를 치던 중 뒤에 있는 대한을 보고는 슬쩍 엄지를 들어 주었다.

'다행이네, 다들 좋아해 줘서.'

보람이 있었다.

오랫동안 준비한 작품이었으니까.

이어서 적 포탄의 묘사를 위해 준비된 폭탄이 터졌고 다시 한번 폭음이 지축을 뒤흔들었다.

관객은 박수를 멈추고 숨죽인 채 집중하기 시작했다.

그때였다.

흩날리는 흙먼지 속에서 함성이 터져 나오기 시작한 건.

"와아아아아!"

참호 속에 숨어 있던 병사들이었다.

국군 역할을 맡은 병사들은 사전에 연습한대로 필사적으로 참호를 기어올랐고 옛날의 그때처럼 처절한 움직임들을 보여주었다.

모든 것들이 완벽했다.

그때 참전용사 중 한 명이 엄두호에게 말했다.

"준비 잘했네, 엄 장군."

"하하, 감사합니다."

이어지는 귀빈들의 칭찬세례.

하지만 그중에서도 가장 보람이 느껴졌던 건 일부 참전용사들이 흘린 눈물이었다.

대한의 실감나는 준비 덕에 그때의 상황을 고스란히 떠올린 것이다.

그렇게 행사가 성공리에 끝났고 대한은 즉시 장간 쪽으로 발걸음을 옮겼다.

그것을 본 이원영이 물었다.

"어디 가나?"

"불발탄 있는지 확인하고 오겠습니다."

"이 정도 폭발에 불발탄이 있을 리가 있나."

"그래도 확인하면 마음 편하지 않습니까. 금방 다녀오겠습니다."

꼼꼼한 뒤처리.

이원영은 그런 대한의 뒷모습을 흐뭇한 표정으로 바라보았다.

그로부터 한참 뒤, 귀빈들을 배웅하고 온 엄두호가 이원영에게 물었다.

"김 소위는 어디 갔나?"

"행사 끝나자마자 불발탄 찾는다고 뛰어갔습니다."

"불발탄? 있으면 어떻게 하려고?"

"폭발이 워낙 강해서 없을 겁니다. 애가 꼼꼼해서 찾으러 가는 겁니다."

"그래, 소위가 저런 맛이 있어야지."

엄두호는 얼마간 뛰어다니는 대한의 모습을 구경하더니 미소 지으며 천천히 입을 열었다.

"며칠 전에 오해가 깊어 폭언을 했던 건 미안하게 생각하네. 나이가 드니 신경만 예민해진 것 같아."

"아닙니다, 선배님. 충분히 오해할 만한 상황이었습니다. 오히려 제가 말씀을 잘 못 드려서 죄송합니다."

이원영은 먼저 사과를 해 오는 엄두호가 싫지 않았다.

그도 그럴 게 소장이 대령에게 따로 사과하는 건, 그것도 두 번이나 하는 건 결코 쉬운 일이 아니었으니까.

이원영의 배려 가득한 말에 엄두호가 고개를 끄덕였다.

"서로 군 생활한 게 몇 년인데 이제서야 이런 후배를 만나다니…… 군대가 좁은 것 같으면서도 참 넓어, 그지?"

"예, 그렇습니다. 인접 부대에 계셨다면 먼저 인사드리러 갔을 텐데 참 아쉽습니다."

"지금부터라도 자주 보면 좋지. 자주 얼굴 비추러 오게나."

"언제든 불러만 주시면 바로 오겠습니다."

"그래? 부대가 안 바쁜가 봐?"

"아, 그런 뜻으로 드린 말씀이 아니라……."

"허허, 장난이야. 장난. 여유 있게 부대를 지휘하는 것 또한 지휘관의 능력 아니겠나. 믿어 보겠네, 이 대령."

"예, 기대를 저버리지 않겠습니다."

"그나저나 이 대령 단장된 지 얼마나 됐나?"

"이제 4달 정도 됐습니다."

"흠, 그래?"

엄두호는 턱을 쓰다듬으며 고민하더니 이내 질문했다.

"지금은 가족이랑 같이 지내는 중인가?"

"아닙니다. 따로 지내고 있습니다."

"그럼 가족이랑 좀 떨어져 있어도 괜찮나? 한 1년 정도."

군인이 가족이랑 살기 쉽지 않다는 걸 모르는 사람이 아니었다.

그런데 이런 질문이라니.

이원영은 본능적으로 이 대화가 진급에 대한 이야기라는 것을 알았다.

그렇기에 원래라면 바로 그렇다고 대답했을 것이다.

하지만.

"1년은…… 좀 그렇습니다."

"왜지?"

"안사람이 조금 아픕니다. 그래서 그렇습니다."

"아…… 미안하네. 내가 괜한 말을 하게 했구만."

"아닙니다, 괜찮습니다. 그렇게 심한 건 아니라는데 제가 신경이 쓰여서 그렇습니다."

"허허, 제수씨가 좋은 남편을 뒀구만…… 그나저나 참 아섭군. 자네 혹시 한빛부대 아는가?"

"남수단 파견 부대 아닙니까?"

"어, 육본에 있는 친구가 단장 맡아 줄 후배 없냐고 물어봤거든. 자네가 딱 적임자 같아서 내가 이야기해 주려고 했지."

남수단 재건지원단.

한빛부대라 불리며 남수단으로 파병을 가는 부대였다.

올해 처음으로 생긴 파병부대로서 그 위상은 아직 널리 퍼져 있지 않았지만 국가를 대표해 다른 나라의 꿈과 희망을 전달하는 임무를 맡는 곳이므로 절대 가벼운 곳이 아니었다.

'새로 생긴 요직이라고 해도 과언이 아닌 자리다.'

쉽게 말해 장군을 바라보기에 아주 좋은 자리라는 말.

게다가 파병이라고 무조건 전쟁하러 가는 것도 아니다.

남수단 재건지원단은 UN군 소속으로 UN의 지시를 받아 공병 임무를 수행한다.

그래서 더 아쉬웠다.

저길 간다면 진급은 따 놓은 당상이나 마찬가지였으니까.

이원영은 잠시 고민하던 끝에 어렵게 입을 열었다.

"저…… 선배님?"

"어, 말해."

"그거 혹시 언제까지 유효한 건지 알 수 있겠습니까?"

"유효하다니? 그게 무슨 말이야?"

"일부러 마음 써 주시는 건데 감히 재는 것 같아 이런 말씀드리기 뭣하지만 안사람이 괜찮아지면 고려해 볼 수 있을 것 같아 드리는 말씀입니다."

"허허, 이 대령이 간다고 하면 언제든지 말해 줄 수 있지. 말 나온 김에 제수씨 얼굴도 한번 보고 싶구나. 조만간 건강 회복하면 같이 밥이나 한 끼 하자고."

"예, 알겠습니다!"

엄두호의 긍정적인 반응에 이원영은 막힌 가슴이 뻥 뚫리는 기분이었다.

그도 그럴 게 이원영은 항상 자신의 진급 문제로 고민하고 있었으니까.

'다른 선배들한테 물어도 답이 안 나오던 게 여기서 갑자기 해결이 되다니.'

육본을 갈지, 국방부를 갈지.

아니면 전방부대의 단장을 더 할지.

대령부터는 정말 자리싸움이었다.

육사 나와서 대령으로 전역하고 싶은 사람은 없고 그건 이원영도 마찬가지였다.

그런데 오늘 처음으로 별로 향하는 길이 보였다.

이원영의 밝아진 표정에 엄두호도 웃으며 말했다.

"너무 고민하지 말게. 잘하고 있지 않나. 다 때가 되면 누가 도와줄 테니 당장 앞의 일에만 집중하게."

"감사합니다, 선배님. 항상 명심하겠습니다."

"난 개인적으로 자네가 한빛부대장이 되어서 김 소위도 데려갔으면 하네. 우리 후배는 아니더라도 군에 필요한 인재가 아닌가."

이원영은 대한에게 관심을 가지는 상급자들의 태도가 익숙했다.

그래서일까?

마치 자기 아들이 칭찬받은 것처럼 기분이 좋아졌다.

"저도 김 소위를 챙겨 줄 수 있는 위치까지 갈 수 있으면 좋겠습니다."

"위관급은 지금도 충분하지 않나?"

"김 소위가 위관에서 멈출 후배는 아니지 않습니까. 길 잘 닦아 놓고 싶습니다."

"하긴 그것도 그렇지. 임관한 지 얼마 되지도 않았는데 말하는 거나 행동하는 거나 난 무슨 영관급인 줄 알았다니까? 아참,

그보다 내가 김 소위한테 휴가 주기로 했거든? 자네한테 말해 준다는 걸 깜빡했다. 괜찮지?"

"예, 사단장님이 주시는 건데 당연히 괜찮습니다."

"그래? 김 소위!"

엄두호가 목청껏 대한을 불렀다.

그러자 대한이 대답했다.

"잠시만 기다려 주십쇼! 마지막 한 군데만 더 확인하면 됩니다!"

보여 주기식이 아닌 진심이었다.

불발탄 확인은 정말로 중요한 작업이었으니까.

하지만 무려 소장의 호출이었다.

대한의 기다리란 말에 엄두호가 멍한 표정으로 말했다.

"……지금 소위가 소장 보고 기다리라 한 거 맞지?"

"죄, 죄송합니다. 저 친구가 의욕도 넘치는데다 매사에 꼼꼼한 터라…… 아마 진심으로 불발탄이 걱정돼서 저러는 것 같습니다."

"참…… 볼수록 재밌는 친구야. 이런 게 젊은 피인가?"

"하하…… 그, 그렇지 않겠습니까?"

이원영이 어색하게 웃으며 엄두호를 달랬다.

그날 오후, 차를 가지고 온 대한은 이원영과 따로 복귀했다.

복귀하는 차 안은 떠들썩했다.

그도 그럴 게 휴가를 5일이나 받고 복귀하는 길이었으니까.

"사단장님이 진짜 주실 줄 몰랐습니다."

"야, 사단장이 뱉은 말 안 지키면 그게 사단장이냐? 당연히 지키셔야지."

"저 조만간 말출인데 소대장님 덕분에 엄청 든든해졌습니다. 한 번 더 갔다 와도 될 것 같습니다."

"간부가 되기 전에 마지막 휴가라고 생각하고 잘 즐기고 와라. 내 밑에 있긴 해도 전문하사 되면 부사관들 집단에서 고생 좀 할 거다."

"아니, 왜 벌써 겁부터 주고 그러십니까? 무섭게."

"예방접종이지, 인마. 너무 걱정 마. 보급관님이 알아서 잘 챙겨 주시겠지."

"하, 복귀하면 보급관님 좀 따라다녀야 할 것 같습니다."

"그것도 괜찮지. 그보다 모두 다친데는 없지?"

"예! 그렇습니다!"

"복귀해서 선임들한테 말 잘해. 괜히 놀러 가서 휴가 받아 왔다고 털릴라."

"하하, 알겠습니다. 그래도 요즘은 그런 분위기 없습니다."

"하긴 뭐 요즘도 그러면 내가 가만 안 둘 거니까. 그래도 혹시 모르니 그런 놈 있으면 말해. 제대로 정신교육 시켜 줄 테니."

그렇게 한참을 달리던 끝에 드디어 부대가 보이기 시작했다.

"집에 다 왔다."

"와, 부대가 이렇게 반가울 줄이야."

"태현이는 애들 데리고 먼저 올라가. 올라가서 중대장님 먼저 뵙고 짐 풀고."

"알겠습니다. 그런데 소대장님은 같이 안 가십니까?"

"난 대대장님 먼저 뵙고 올라가야지. 중대장님이 나 찾으면 그렇게 말씀드려라."

"예, 알겠습니다."

주차를 마친 대한은 병력들과 헤어진 후 곧바로 대대장실로 향했다.

"들어와!"

대한이 문을 두드리자 문 너머에서 익숙한 목소리가 들려왔고 대한을 본 박희재는 바로 자리에서 일어나 대한을 맞이했다.

"대한이 이놈!"

성큼성큼 다가와 헤드락을 거는 박희재.

"자식, 고생 많았다."

"하핫, 저도 보고 싶었습니다. 대대장님."

격한 재회를 주고받은 두 사람은 이내 곧 자리에 앉아 그동안 못 나눈 이야기에 대한 꽃을 피우기 시작했다.

"어휴, 이렇게 고생하고 올 줄 알았으면 너 안 보내는 건데."

"하핫, 아닙니다. 대대장님 지휘 부담 안 느끼시는 게 저라면 전 어디든지 갈 수 있습니다."

"크크, 이 버터 같은 멘트들이 얼마나 그리웠던지. 그래, 오늘은 대충 짐만 정리하고 일찍 퇴근해라. 중대장한테도 말해 놨으니까 아마 바로 가라고 할 거다."

"예, 감사합니다. 올라가서 중대장한테 복귀 보고하고 소대
원들 좀 보다가 바로 퇴근하겠습니다."

이 와중에 소대원들을 챙기겠다고 하자 박희재가 흐뭇한 미
소를 지어 보인다.

"그래, 그래야 김대한이지. 고생했다."

"예, 감사합니다. 대대장님."

대한은 박희재의 칭찬에 웃음으로 답했고 힘차게 경례를 한
뒤 대대장실에서 나왔다.

그리고는 대대장실 맞은편에 있는 정작과의 문을 열었다.

대대장 다음으로 볼 양반은 이미 정해져 있었으니까.

대한이 문을 벌컥 열고 들어가자 대한을 발견한 여진수가 황
급히 고개를 숙였다.

"충성."

대한의 경례에 그제야 거북이처럼 목을 빼는 여진수.

그가 어색하게 웃으며 말했다.

"어, 그래. 하하. 우리 대한이 왔구나?"

"충. 성."

"어? 어, 그, 그래. 충성. 이야, 고생을 얼마나 했으면 우리
대한이 얼굴에 살이 쪽 빠졌냐, 뭐 마실 것 좀 줄까? 말만 해,
바로 피엑스 다녀올 테니까."

자리를 벗어나기 위한 속보이는 행동에 대한이 얼른 철벽을

치며 말했다.

"마실 건 대대장님이 주셔서 괜찮습니다. 그보다 과장님, 이번 파견에서 저한테 말씀 안 해 주신 게 많으셨던 것 같은데 말입니다."

"어허! 안 해 준 거라니! 너 그렇게 말하면 나 섭섭하다?"

"아닙니까?"

"……못 해 준 거지, 미안하다."

그제야 자백하는 여진수의 모습에 대한은 한숨을 내쉬며 말했다.

"군 생활 내내 과장님 따라다니고 싶어질 뻔했었습니다."

"어우, 그건 좀 싫은 것 같기도 하고…… 아무튼 미안하다야."

여진수는 대한이 무슨 말을 하는지 단번에 알아차렸다.

이제 대한이 가진 인맥 정도면 대위 자리는 골라 갈 수 있을 정도.

말인즉, 여진수가 어느 부대를 가도 악착같이 따라가 자신을 괴롭힐 수 있다는 말이었다.

그렇기에 여진수는 대한이 중대로 올라갈 때까지 끝까지 배웅했다.

"대대장님께서 일찍 퇴근하라고 한 거 들었지?"

"예, 들었습니다."

"그래. 뭐 더 필요한 건 없고? 말만 해, 네 짐이라도 옮겨 줄 테니까."

"괜찮습니다. 그보다 다음에는 꼭 챙겨 줄 거 챙겨 주십쇼."

"자식 끝까지 뒤끝은…… 그래, 영훈이한테 인사하고 일 봐라. 먼저 내려간다."

"충성."

사실 별로 뒤끝 부릴 생각도 없다.

이미 엎질러진 물에 대해서 원망하는 건 군대에서 별로 좋은 마인드가 아니었으니까.

대한은 이어서 중대장실의 문을 두드렸다.

이영훈은 대한을 기다리고 있었고 노크 소리가 들리기 무섭게 뛰쳐나왔다.

"왔어?"

"충성! 소위 김대한 2013년……."

"아, 됐어. 들어와."

지금 이영훈에게 복귀 신고가 뭐가 그리 중요할까?

이영훈이나 여진수나 같은 입장이었다.

그렇기에 얼른 대한에 대한 칭찬을 쏟아 내기 시작했다.

"아휴, 너 없으니까 중대 굴리기가 어찌나 힘들던지. 잘 왔다. 보고 싶었어."

"빈말 너무 티 나십니다. 제가 파견지에서 얼마나 힘들었는지 아십니까?"

"하하…… 그건 진짜 미안하게 생각한다야. 아무튼 결과만 보면 다 잘됐잖아?"

그래.

굳이 힘들게 집에 돌아왔는데 기운 뺄 필요 없지.

대한이 물었다.

"이야기 들었습니다. 그래도 훈련 하나를 단축으로 제끼셨다고."

"오, 그 이야기가 너한테까지 들어갔어? 그래, 결과만 놓고 보면 다 네 덕분이긴 하지. 근데 너도 좋잖아. 덕분에 힘든 훈련 하나 제낄 수 있게 됐고."

"예, 맞습니다. 그럼 이제 다른 할 일은 없는 겁니까?"

"없긴. 당연히 있지."

"뭡니까?"

"추석 시즌이 돌아왔다."

아, 추석.

벌써 그때가 된 건가.

이영훈의 말이 이어졌다.

"짜식, 표정 봐라. 일단 내일부터 추석 성묘객들 방문 준비 겸 울타리 정비를 해야 하거든?"

젠장.

하필이면 그거라니.

대한이 있는 주둔지는 명절마다 외부인들이 방문하는 곳이었다.

병사들 보러 오는 게 아니었다.

말 그대로 조상들이 쉬고 계시는 산소가 부대 안에 있었기 때문이다.

그렇기에 부대는 항상 깨끗한 모습을 보여 주어야 했다. 민간인이 들어오는 것이었으니까.

'덕분에 사단장이 방문하는 급으로 준비를 해 놔야 하지.'

대한이 한숨을 내쉬며 말했다.

"저희 중대 구역만 알려 주십쇼. 알아서 깔끔하게 해 놓겠습니다."

"역시 우리 대한이야. 그럼 내일은 네가 대리 중대장 하는 거다. 자, 여기 구역 표시 해 놓은 거."

이영훈은 얼씨구나 웃으며 정비할 구역이 적힌 종이를 주었다.

"아, 맞다. 근데 너희 소대에 신병 온 건 아냐? 온 김에 보고 가."

신병?

벌써 올 때가 되었나?

이맘때쯤에 누가 신병으로 왔더라?

대한은 기억을 더듬었으나 스쳐 간 병사들이 너무 많은 탓에 기억이 안 났다.

'뭐, 직접 보면 알겠지.'

대한이 고개를 끄덕이며 말했다.

"예, 알겠습니다."

"그래, 그럼 수고하고."

"예, 쉬십쇼. 충성."

중대장실을 나선 대한은 곧장 1생활관으로 향했다.

대한의 등장에 연성목이 깜짝 놀란 얼굴로 자리에서 일어났다.

"엇, 충성! 1생활관 개인 정비 중!"

"쉬어."

"쉬어!"

"잘 있었냐?"

연성목이 웃으며 대답했다.

"예, 소대장님은 잘 다녀오셨습니까."

"파견은 아무리 잘 가도 잘 다녀온 게 아니다. 근데 신병 왔다며? 어딨냐? 신병 때문에 일부러 여기로 온 건데."

"아, 조금 전에 박태현 병장이 흡연한다고 데리고 나갔습니다. 지금 제가 가서 데리고 오겠습니다."

"흡연? 그럼 됐어. 이따 알아서 오겠지. 근데 신병은 좀 어떤 것 같냐?"

"싹싹한 게 괜찮은 것 같습니다."

"그래?"

대한이 빈 침대에 앉아 연성목과 노가리 까는 사이, 박태현이 신병에게 어깨동무를 하며 생활관에 나타났다.

대한을 본 박태현이 바로 어깨동무를 풀며 말했다.

"엇, 소대장님 오셨습니까?"

"넌 자식아 소대장도 안 본 신병을 멋대로 데리고 나가?"

"에이, 미래의 부소대장이 먼저 면담했다 생각해 주십쇼."

"어휴, 혓바닥 놀리는 폼 하고는. 그나저나 우리 신병은 이름이 어떻게 되나?"

대한이 시선을 옮겨 신병에게 물었다.

그러자 신병이 바로 경례를 올리며 우렁차게 대답했다.

"충성! 이병 기태준입니다. 처음 뵙겠습니다. 소대장님!"

"……기?"

기씨라고?

특이한 성씨에 대한은 바로 기태준에 대한 기억을 바로 떠올릴 수 있었다.

'아, 현역 부사관으로 나갔던 애가 애였지?'

심지어 에이스였던 걸로 기억했다.

그래서일까?

벌써부터 아쉬웠다.

'애 일 잘해서 보낼 때 참 아쉬웠었는데.'

지금 경례 올리는 폼만 봐도 그랬다.

살아 있는 눈빛에 절도 있는 동작.

대한이 자리에서 일어나 손을 내밀었다.

"반갑다, 난 김대한 소위야."

"이병 기. 태. 준! 반갑습니다!"

"어유, 나한텐 작게 해도 돼. 언제 부대 전입 왔어?"

"저번 주 목요일 날 전입 왔습니다!"

"그래, 괴롭히는 선임 있었어? 너희 분대장이 잘 챙겨 주든?"

"괴롭히는 선임 없었고, 분대장이 처음부터 끝까지 친절하게 잘 가르쳐 줬습니다!"

"크."

대한이 연성목에게 엄지를 치켜들고는 박태현에게 말했다.

"야, 박 병장아."

"왜 그러십니까?"

"신병이 너보다 압존법 더 잘하는 거 같은데 어떻게 생각하냐?"

"그건……."

"여기 파견지 아니고 부대다. 잘 생각해라?"

"죄송합니다. 제가 생각이 짧았습니다."

"그래, 진작 그래야지. 태준아, 저런 선임 말고 성목이 같은 선임 잘 따라야 한다. 안 그럼 군 생활만 힘들어져."

"아……."

대한의 말에 기태준이 순간 박태현의 눈치를 살폈다.

대한은 흥미롭게 그 모습을 지켜봤고.

'이놈 봐라? 지금 더 붙어 있을 것 같은 박태현이 더 무섭다 이거지?'

아무리 금방 가는 놈이라도 짚을 건 확실하게 짚어 줘야 된다고 생각했다.

"기태준."

"이병 기태준."

"벌써부터 라인 타냐? 자식이 어디서 이상한 걸 배워 왔네? 쟤들보다 내가 군 생활 더 길어. 라인 탈 것 같으면 제대로 보고 타. 이상한 줄 잡아서 나중에 개고생 하지 말고."

대한의 말에 박태현과 연성목은 자세를 바로 했다.

그래서일까?

그 모습을 본 기태준은 속으로 깜짝 놀랐다.

'여태 장난치다가 갑자기 군기가 이렇게 잡힌다고? 게다가 내가 눈치 보는 건 어떻게 알았지?'

기태준이 놀란 얼굴로 대답을 못 하자 박태현이 바로 재촉했다.

"야, 대답 안 하냐? 소대장님이 말씀하셨잖아."

"죄송합니다, 군 생활 똑바로 배우겠습니다."

"그래, 무슨 다짐을 하고서 군대에 들어왔는지는 모르겠지만 너희는 다 같은 병사야. 그러니까 괜히 이상한 생각하면 절대 안 된다."

"예, 명심하겠습니다!"

"좋아, 정신교육은 여기까지 하는 걸로 하고 태현아, 우리 신병도 새로 들어왔는데 오랜만에 풋살이나 한 판 할까?"

"이 날씨에 말입니까? 저희 방금 들어왔습니다."

"싫어?"

"전 사실 풋살만 기다리고 있었습니다. 바로 준비하겠습니다."

"진작 그래야지. 태준아, 너도 공 좀 차냐?"

"이병 기태준! 동네에서 좀 찼습니다!"

"좋다, 기대한다. 다들 10분이면 되지? 환복만 하면 되잖아."

"예, 충분합니다. 애들 싹 모아 오겠습니다."

"좋아. 환복 하자."

대한과 박태현이 서둘러 생활관을 벗어났다.

연성목은 기태준에게 고생했다며 환복 하라 말했고 기태준은 관물대 앞으로 가서 옷을 갈아입었다.

그리고 연성목 몰래 수첩에 무언가를 적어 내려가기 시작했다.

※

소대 풋살 경기가 끝나고 난 뒤 대한은 기태준을 간부 연구실로 불렀다.

퇴근 시간이 훌쩍 넘은 시간이었지만 대한은 크게 개의치 않았다.

잠시 후, 기태준이 간부 연구실로 들어왔다.

"이병 기태준! 간부 연구실 용무 있어 왔습니다!"

"어, 앉아."

대한은 기태준에게 음료수를 건네며 말했다.

"내가 축구 잘한다는 놈치고 진짜로 잘하는 놈을 본 적이 없는데 넌 좀 차더라?"

"감사합니다!"

"애들이 너 맘에 들어 하는 것 같던데 군 생활 열심히 해 봐. 오고 싶어서 온 곳은 아니라도 열심히 안 하면 더 힘든 곳이 군대니까."

"예, 알겠습니다!"

기태준의 씩씩한 대답에 대한이 자신의 휴대폰을 내밀며 말했다.

"원래 처음 왔을 때 해 줘야 했는데 하필 내가 파견 기간이라 미안하다. 부모님한테 전화했었겠지만 오늘 소대장 만났다고 말씀드리고 전화 좀 바꿔 줘."

"저희 부모님은 무슨 일로……."

기태준은 부모님을 찾는 대한을 놀란 눈으로 쳐다봤다.

그 모습이 좀 황당했지만 좋게 설명해 주었다.

"뭘 놀라고 그래? 여기가 학교야? 귀한 아들 맡겨 주셨는데 인사는 드려야 할 거 아냐."

"아, 넵! 알겠습니다!"

기태준은 그제야 웃으며 아버지에게 전화를 걸었다.

"아버지, 태준입니다. 이 폰 저희 소대장님 휴대폰인데 지금 소대장님 좀 바꿔 드리겠습니다."

대한은 기태준이 건넨 휴대폰을 받으며 고개를 갸웃거렸다.

'아버지한테 원래 저렇게 깍듯하게 말하나? 아버지가 없어서 모르겠네.'

마치 상관에게 말하는 듯한 태도.

하지만 집안 분위기가 엄하면 그럴 수도 있겠단 생각이 들었다.

대한이 목소리를 가다듬고 전화를 받았다.

"안녕하십니까. 태준이 소대장, 김 대한 소위라고 합니다."

─예, 반갑습니다.

"다름이 아니라 태준이 잘 적응하고 있으니까 걱정하시지 말라고 말씀드리려고 전화드렸습니다."

─허허, 소대장님이 세심하셔서 다행입니다.

"혹시 무슨 일 있으시면 저한테 바로 전화 주셔도 되니까 번호 저장해 놓으시고요. 종종 부대에서 태준이 어떻게 군 생활하는지 알려 드리겠습니다."

─그래 주시면 저야 감사하죠. 퇴근 시간 지나셨는데 얼른 퇴근해 보십쇼. 태준이랑은 따로 통화하겠습니다.

"예, 아버님. 편안한 밤 되십쇼."

대한은 기태준 아버지의 젠틀함에 놀랐다.

간부 퇴근 시간까지 생각해 주는 아버님은 처음이었으니까.

그렇기에 전화하길 잘했다는 생각이 들었다.

'부모님들과 친해지면 병사들 관리하기 쉽지.'

이 중요한 사실을 전생에선 중대장을 달고 나서야 알게 됐다.

그래서 이번엔 일찍이 전화를 하는 것.

대한이 웃으며 말했다.

"아버님 멋있으시네. 그래서 너도 군 생활 깔끔하게 잘하나 보다."

"하하, 감사합니다."

"그래, 혹시 소대장이 너랑 지내면서 따로 알고 있어야 할 거 있어?"

"그런 건 없습니다."

"나중에라도 생기면 편하게 말하러 와. 그럼 땀도 많이 흘렸는데 얼른 샤워하러 가자. 시간 뺏어서 미안하다."

"아닙니다. 괜찮습니다!"

"내가 미안하다는데 뭐. 얼른 가 봐."

"예, 알겠습니다! 충성!"

기태준은 대한에게 뜨거운 눈빛을 보내며 경례했다.

그리고 잠시 후, 생활관으로 복귀한 기태준은 조용히 주변을 살핀 뒤에 수첩을 꺼내 또다시 무엇인가를 적어 내려가기 시작했다.

다음 날 오전.

대한과 병력들은 일과 전부터 주차장에 집합해 있었다.

이른 시간이긴 했지만 더운 날엔 일부러 일찍 집합시켜 일과를 시작했다.

그래야 일과를 빨리 끝낼 수 있었으니까.

이영훈은 없었다.

이영훈은 정말로 대한에게 대리 중대장을 맡기고 다른 업무를 소화하고 있었으니까.

분대장들이 인원 확인을 마친 뒤 대한에게 이상 없다고 보고했다.

"자, 주목!"

"주목!"

"각 소대별로 정해진 구역 정비를 실시 할 텐데 작업 간 조금이라도 힘든 인원은 간부에게 말해서 휴식을 취해라. 알겠나?"

"예! 알겠습니다!"

"그리고 지속적으로 주변에 잘 보고 다니고 특히 뱀에 물리지 않게 조심해라. 이상."

대한이 전달 사항을 다 전하자 밑에서 하품하던 백종우가 물었다.

"먼저 출발한다?"

"예, 선배님. 출발하시면 됩니다. 3소대도 출발하십쇼."

백종우는 후배가 대리 중대장을 하고 있든 어떻든 아무런 신경도 안 썼다.

오히려 좋아했다.

대한이 있으면 여러모로 일이 편해지기에.

그리고 대한도 그런 백종우의 무심함을 즐겼다.

얼마 뒤, 다른 소대들이 모두 사라진 걸 확인한 대한은 그제야 남은 병력들에게 말했다.

"우리도 슬 준비하러 가자."

"예! 알겠습니다!"

소대원들은 기다렸다는 듯 걸음을 옮겼다.

그러자 기태준이 연성목에게 물었다.

"저흰 어디 가는 겁니까?"

"작업 준비하러 가지."

"혹시 창고 들렸다 가는 겁니까?"

"가 보면 알아."

연성목은 제대로 알려 주지 않고 그저 씩 웃을 뿐이었다.

잠시 후, 기태준이 도착한 곳은 다름 아닌 피엑스였다.

"여긴 피엑스 아닙니까?"

"맞아."

"아…… 근데 지금 열었습니까? 아직 여는 시간이 아닌 걸로 알고 있는데 말입니다."

그러나 대한은 너무나도 당연한 모습으로 피엑스 문을 열고 들어갔다.

피엑스 내부는 환하게 불이 켜져 있었고 그 모습을 본 연성 목이 자랑스러운 표정으로 말했다.

"소대장님 가사라대, 내가 가는 길에 거침이 없으리라."

"자, 잘못 들었습다?"

"우린 그냥 소대장님만 믿고 군 생활하면 된다는 말이야."

그 말에 기태준이 고개를 모로 기울였다.

"혹시 소대장님이 피엑스 열어 두신 겁니까?"

"직접 연 건 아니고 피엑스병이 열었지. 관리병이 우리 대대에 있잖아. 소대장님이 작업 가는 날은 항상 먼저 와서 열어 놓고 기다려."

"그래도 됩니까? 병사들 일과 시간 아닐 때 마음대로 부리면 안 되지 않습니까?"

"부리긴 누가 부려? 관리병이 원해서 하는 건데."

"그게 무슨……."

그때, 대한을 발견한 피엑스 관리병이 환하게 웃으며 경례했다.

그리고는 바구니 하나를 보여 줬고 대한은 그것을 확인도 하지 않고 카드를 내밀었다.

연성목이 말했다.

"여기서 제일 이득 보는 사람이 관리병이다. 문 좀 열어 주고 계산 좀 해 주면 소대장님이 저만큼 선물해 주시니까."

"아…… 근데 저건 뇌물 아닙니까?"

"뇌물은 높은 사람한테 줘야 뇌물이지 자기보다 낮은 사람한테 주면 선물이야. 자, 그만 궁금해하고 너도 얼른 골라."

"진짜 고릅니까?"

"어, 담배 피우면 담배도 고르고. 금액 상관없으니까 편하게 사."

"다, 담배도 말입니까? 아니, 도대체 왜……."

연이은 기행에 기태준은 도무지 이해할 수가 없었다.

그도 그럴 게 아무리 신병이라지만 소위 월급을 뻔히 알기 때문이다.

'뭐지? 부잔가? 아님 그냥 월급 털어서 병사들 휘어잡는 스타일인 건가?'

기태준이 선뜻 고르지 못 하고 머뭇거리자 그것을 본 연성목이 말을 얹었다.

"야, 쫄지 말고 골라. 어차피 받은 만큼 일해야 돼. 소대장님이 어디 그냥 사 주시는 줄 아냐?"

"아무리 그래도……."

"저기 봐라. 쟤네도 저만큼 사지? 이게 다 이유가 있는 쇼핑이다. 이건 일종의 격려품이야. 안 고르면 너만 손해라고. 농담 같아?"

"아……."

연성목의 말대로였다.

연성목이 가리킨 곳에는 병력들이 바구니 가득 먹을 것을 담고 있었다.

그것을 본 기태준은 그제야 용기를 내 육포와 담배를 고르기 시작했다.

자신이 소비하는 것들 중 가장 비싸다고 생각되는 것이었기 때문이다.

그때, 지나가던 대한이 기태준의 바구니를 보며 말했다.

"그거밖에 안 사? 성목아, 말 안 해줬냐?"

"해 줬는데 못 믿는 눈치입니다."

"그래? 그런 건 시간이 답이지. 직접 겪어 봐야 알아."

"하하, 맞습니다."

이윽고 쇼핑이 끝났고 대한은 소대원들과 함께 봉지를 잔뜩 들고 배정된 구역으로 향했다.

작업구역에 도착한 대한이 주변을 살피고는 한숨을 쉬었다.

"하…… 언제 이만큼 자랐을까."

그때 박태현이 입에 담배를 물며 다가왔다.

"제가 오늘 싹 다 멸종시켜 놓겠습니다."

"너도 작업하게?"

"대리 소대장 하겠습니다. 원래 현장 감독이 제일 중요한 거 아니겠습니까."

"네가 그럼 그렇지. 얼른 시작해라."

"예, 알겠습니다!"

대답을 마친 박태현은 바로 담배에 불을 붙였다.

그러자 나머지 흡연자들도 일제히 불을 붙였고 그 모습을 본 기태준이 다시 한번 황당한 표정으로 연성목에게 물었다.

"여, 여기서 담배 피워도 됩니까?"

"작업 전에 의식 같은 거지. 아참, 소대장님이랑 일할 때는 흡연 마음대로 해도 괜찮아. 이런 걸로 뭐라고 하실 분이 아니니까. 대신 그만큼 일을 잘해야 된다."

"아, 아니 아무리 그래도 여긴 산인데 담배는 좀 그렇지 않습니까?"

"야, 우리 소대를 너무 무시하는 거 아니냐? 다 준비가 돼 있지."

박태현이 건빵 주머니에서 작은 물통을 꺼내서 담뱃재를 털었다.

그 모습을 본 기태준의 입이 다시금 벌어졌다.

"휴대용 재떨이도 들고 다니십니까?"

"작업할 때만. 소대장님이 예방에 엄청 민감하시거든."

정말이었다.

연성목뿐만이 아니라 다른 흡연자들도 모두 휴대용 재떨이를 꺼내 재를 털고 있었다.

거기다 더 놀라운 건 대한은 이미 저 멀리 그늘 아래로 가서 주변 풍경이나 감상하고 있다는 것.

그때, 담배를 다 태운 박태현이 병력들에게 말했다.

"시작하자."

"예! 좋습니다!"

박태현의 명령에 박태현을 제외한 전원이 낫과 톱을 꺼내 주변 정리를 해 나갔고 마치 기계처럼 일하는 그들을 보며 기태준은 다시 한번 혀를 내두를 수밖에 없었다.

'설마…… 잡담도 안 한다고?'

빈말이 아니었다.

다들 빨리 작업을 마치기 위해 여느 때처럼 잡담은커녕 높은 집중력으로 작업에 열중했다.

그런 일련의 모습들이 기태준에게는 굉장히 신선한 충격으로 다가왔다.

물론 대한은 여전히 풍경이나 감상하며 그늘 아래 휴식을 취하고 있었고.

하지만 작업 효율은 그 어느 부대보다도 높아 보였다.

기태준은 선임들에게 뒤쳐지지 않기 위해서 서둘러 낫을 들고 움직였다.

그렇게 작업하기를 한참 마침내 모든 작업을 끝냈을 땐 놀랍게도 시간은 여전히 오전이었다.

"다들 이제 쉬어라."

"옙!"

말 한 마디 안 하고 작업만 하더니 이렇게 빨리 작업을 끝낼 줄이야.

기태준이 그늘 아래서 땀을 훔치며 휴식하자 연성목이 물었다.

"할 만해?"

"예, 할 만한 것 같습니다. 근데 다들 정말 기계처럼 일만 하셔서 좀 놀랐습니다."

"우리 모토가 그래. 일할 땐 바짝 일하고 쉴 때 팍 쉬자."

"그럼 일 다 하면 막사로 일찍 복귀하는 겁니까?"

"미쳤냐, 일 빨리 한다고 쉬게 해 주게? 여긴 군대야. 일 잘하면 다른 일을 더 주는 곳이지."

"그럼 어디서 쉰다는 겁니까?"

"여기서."

"여기서 말입니까?"

"그러니까 먹을 거 잔뜩 사 왔지. 그늘도 있고 재떨이도 있고 뭐가 문제야?"

"와……."

기태준의 얼빠진 표정에 연성목이 큭큭 웃으며 말했다.

"우리도 소대장님 오시기 전까진 다른 부대랑 비슷했어. 근데 소대장님이 시스템을 바꾸셨지. 그러니 너도 곧 적응하게 될 거야."

"소대장님은 정말 대단하신 분 같습니다."

"네가 생각하는 것 이상으로 대단한 분이시지. 부대 분위기 개편하는데도 많은 일조를 하셨고…… 그러니까 너도 충성해라. 우리 소대장님은 여기서 종교나 마찬가지니까."

연성목의 맹목적인 믿음.

그러나 기태준은 그 말이 절대 오버하는 것처럼 들리지가 않았다.

Chapter 5

점심시간.

대한은 막사로 복귀해 중대장실 문을 두드렸다.

"쓰읍, 들어와."

이영훈이 다급하게 움직이는 소리가 들렸고 대한은 문을 열고 조용히 한숨을 쉬었다.

"……추석 준비하느라 서류 작업할 거 많다고 하지 않으셨습니까?"

"야야, 방금 전까지 계속 일하고 있었어. 넌 꼭 쉴 때만 오더라."

"침이나 닦고 말씀하시는 게 좋을 것 같습니다. 식사하러 가시죠."

"오늘 메뉴 뭔데?"

"오리 불고기입니다."

"메뉴 한번 기가 막히는구만? 얼른 가 보자."

이영훈이 베레모를 챙기며 자리에서 일어났다.

"저희 이번 추석 때 뭐 합니까?"

"아, 넌 부대에서 처음 명절 보내는 거구나?"

"예. 그렇습니다."

대한은 뻔뻔하게 거짓말을 했다.

자그마치 10년 넘게 군대에서 명절을 보내 본 대한이었지만 이영훈에게 그대로 말할 순 없었다.

이영훈이 씩 웃으며 물었다.

"너 팔씨름 잘하냐?"

"팔씨름 말입니까?"

"우리 부대에선 명절 때마다 팔씨름 대회가 열리는 전통이 있다. 참고로 간부도 참여해서 우승하면 휴가증 나온다."

예상대로였다.

대한이 고개를 끄덕이며 말했다.

"그럼 혹시 저 우승하면 휴가 몰아서 나가도 됩니까?"

"참나, 이 형이 버티고 있는데 감히 우승을 논해?"

"저도 한 팔씨름합니다."

물론 대한은 팔씨름 대회의 결과를 알고 있었다.

이곳에는 팔씨름의 신이 살고 있었으니까.

하지만 우승은 못 해도 이영훈 정도는 가볍게 꺾을 자신이 있었다.

대한의 말에 이영훈이 피식 웃었다.

"너 실압근이라고 아냐? 내가 실전 압축 근육만 가지고 있는 사람인데 미안하지만 이번 휴가는 내가 나간다."

"그건 상관없습니다만…… 그걸 왜 저한테 말씀하십니까, 중대장님 휴가는 대대장님한테 말씀하셔야 하는 거 아닙니까?"

"나 없으면 중대는 네가 지켜야지."

"후, 알겠습니다."

"오케이, 이번 기회에 해외여행 준비나 한번 해야겠다."

그때였다.

저 멀리 황재우가 급히 뛰어와 대한을 불렀다.

"소대장님!"

"어, 재우야. 밥 먹으러 안 갔어?"

"지금 밥이 중요한 게 아닙니다!"

"왜, 무슨 일 있어?"

황재우의 말에 두 사람은 긴장했다.

하지만 뒤이은 말에 미소를 지을 수밖에 없었다.

"옥 상병이랑 종찬이 둘 다 검정고시 합격했다고 방금 연락 왔습니다."

"정말?"

"이야, 김대한이 애들 그렇게 공부시키더니 결국엔 고졸 만들었네!"

특히 이영훈이 정말 좋아했다.

대한도 흐뭇함에 고개를 끄덕였다.

"다행입니다. 파견 때문에 잊고 있었는데 합격 소식 들어서 너무 기쁩니다. 재우야, 수능은 바로 신청하기로 했지?"

"예! 두 사람 다 내일 접수하러 갈 예정입니다."

"잘됐네. 애들 이번 주 주말에 복귀하지? 복귀하면 이때까지 하던 것보다 훨씬 빡세게 부탁한다. 검정고시랑 수능은 천지 차이니까."

"걱정 마십쇼. 제가 두 사람 다 반드시 대학 보내겠습니다!"

"오냐, 너만 믿는다. 우리 부대 일타강사 황재우!"

"옙! 충성!"

두 사람의 합격 소식에 대한과 이영훈은 훨씬 더 맛있게 점심을 먹을 수 있었다.

✳

점심 식사 후 대한은 아직 일이 안 끝났다며 다시 소대원들을 데리고 작업 구역으로 향했다.

그 모습을 본 이영훈이 더운 날씨에 미안함을 표했지만 대한은 속으로 웃었다.

일은 오전에 이미 다 끝냈으니까.

그래서 이번에도 적당한 곳에 자리를 잡고 휴식을 취했다.

곁에 앉은 박태현이 넌지시 물었다.

"근데 다른 소대는 아직 덜 끝났답니까?"

"2소대장님 말씀 들어 보니까 나무 쓰러진 것들이 너무 많다고 오래 걸릴 거라고 하시던데?"

"에이, 그깟 나무가 뭐 그리 힘들다고 오후까지 일하는지 모르겠네."

"너네가 일을 잘하는 거야."

"이게 다 소대장님 버프 아니겠습니까, 물론 저의 뛰어난 관리감독 포함해서. 와작!"

박태현이 감자칩을 입에 넣으며 웃었다.

대한은 그 모습이 별로 밉지가 않았다.

"그래, 그럼 다들 쉬고 있어라."

할 일도 다 끝났겠다.

대한은 자리에서 일어나 사람들 한적한 곳으로 가 오정식에게 전화를 걸었다.

"보고."

─보고는 지랄, 내가 군인이냐? 이 새끼는 섬에서 고생하는 친구한테 어째 안부 인사도 안 하네?

"후후, 농담입니다. 어떻게 돼 가고 있냐, 부동산은 좀 샀나?"

─생각보다는? 이제 회삿돈 한 20억 남았다.

"20억? 생각보다 많이 남았네? 별로 못 샀나?"

-하, 내가 너 그 소리 할 줄 알았다. 넌 부동산을 그냥 살 수 있다고 생각하냐? 가지고 있는 사람이 팔아야 사지, 그냥 살 수 있었으면 하루면 충분하지 내가 뭐 하러 여기에 죽치고 있겠냐?

"아, 그건 그러네. 미안. 고생했다."

대한은 부동산에 그렇게 진심이지 않았다.

애초에 제주도 땅을 사려는 것도 백중원과의 인연 때문이었으니까.

'역시 부동산은 가볍게 맛만 봐야겠어.'

오정식이 대신 일을 해 주고 있음에도 벌써 지겨움이 느껴졌다. 그래서 슬슬 다른 투자를 시작하기 위해 전화를 건 것이다.

"그보다 이번 주 토요일에 시간 되냐? 투자 쪽으로 의논할 게 좀 있는데."

　-토요일? 나 금요일에 올라가는 건 알지?

"그래서 토요일에 보자는 거 아니냐."

　-어지간히 좀 부려 먹어라. 나도 여독이란 걸 좀 풀자. ……근데 무슨 투자?

"궁금하면 토요일에 나오던가."

　-아, 이 자식 치사하게 치트키 쓰네. 알겠다, 토요일에 봐.

"오케이."

다른 사람도 아니고 대한의 투자였기에 궁금했다.

그도 그럴 게 여태 대한이 보여 준 것들은 하나같이 놀랄 만한 것들이었으니까.

한편.

대한의 통화 내용을 엿듣고 있는 사람이 있었으니 다름 아닌 기태준이었다.

'부동산? 20억? 투자? 이게 다 무슨 소리야?'

들으려고 들은 건 아니었다.

배가 아파서 근처에 적당히 자리를 잡았는데 하필이면 그곳에 대한이 온 것일 뿐.

그나저나 이게 소위 입에서 나올 수 있는 말들인가?

'에이, 설마. 게임 이야기겠지.'

하지만 대한은 게임과는 별로 어울리는 이미지가 아니었다.

그렇기에 궁금함이 폭증했다.

'일단 메모해 두자.'

기태준은 조용히 수첩을 꺼내 자신이 들은 것들을 메모하기 시작했다.

언젠가 좀 전 대화에 대한 진실을 알아내겠다는 생각으로.

※

그날 오후.

대한과 소대원들은 더 이상 일을 시키지 않을 시간까지 울타리에서 버티고 있다가 막사로 복귀했다.

일찍 일과를 시작한 날이었기에 일과 종료도 융통성 있게 일찍 당겨서 했고 소대원들은 기분 좋게 샤워장으로 이동했다.

대한은 간부 연구실로 돌아와 컴퓨터 앞에 앉았다.

그리고는 추석 관련 자료들을 확인했다.

추석이라고 특별한 건 없었다.

기억 속 그대로였다.

'차례 지내고 팔씨름 대회 한번 하고…… 역시 그대로네.'

우리나라 지휘관들한테는 이상한 병이 하나 있다.

명절에 병사들을 가만히 놔두면 우울해할 것이라는 착각이 도는 병.

하지만 박희재만큼은 그 병에 걸리지 않았다.

그래서 병사와 간부 모두들 좋아라 했다.

'명절에 쉬고 싶은 건 간부들도 마찬가지니까.'

그때, 백종우가 욕설을 내뱉으며 간부 연구실로 들어왔다.

"하, 시발. 존나 힘드네."

"고생하셨습니다. 선배님."

"일찍 복귀했네? 그쪽은 할 만했나 봐?"

"저희도 힘들어 죽는 줄 알았습니다."

쉬웠어도 힘든 척.

일을 안 했어도 한 척.

그래야 군대에선 편하다.

백종우가 의자에 몸을 던지며 말했다.

"명절 다가올 때쯤 되니까 너무 스트레스다. 사회에선 명절만 기다렸던 것 같은데."

"그래도 연휴 동안 쉴 수 있지 않습니까."

"쉬긴 뭘 쉬어, 이번 추석 당일에 당직 근무다. 집에도 못 가."

"아, 선배님이 당직이십니까?"

"그래, 원래는 아니었는데 네가 파견 가는 바람에 근무가 당겨져서 내 차례가 됐어."

"아…… 죄송합니다."

"네가 왜 죄송하냐? 네가 가고 싶어서 간 것도 아니고. 운이지 뭐. 명절 당직 다 피해 가나 싶었는데 이걸 이렇게 걸리네."

어라?

이 양반이 또?

백종우의 대답에 대한은 의외라는 반응을 보였다.

'원래 같았음 개지랄했을 양반이…… 새삼스럽지만 참 낯설다.'

그래서일까?

기분이 좋아져서 모처럼 기분 좀 내기로 했다.

"선배님, 그럼 저랑 당직 바꾸시겠습니까?"

"내 당직이랑 네 당직이랑 바꾸자고?"

"예, 추석에 제가 선배님 대신 근무 서겠습니다."

"아서라, 괜히 근무 바꿨다가 갈궈서 근무표 바꿨다고 의심받을라."

"아닙니다. 저 진짜 괜찮습니다. 이번에 딱히 집에 안 가도 돼서 차라리 제가 선배님 대신 근무 서는 게 나을 것 같아서 드리는 말씀입니다."

"……진짜냐?"

"예, 그렇습니다."

충동적으로 지른 말이었지만 그렇다고 거짓말을 한 건 아니었다. 그렇다고 백종우에게 잘 보이려고 한 건 더더욱이 아니었고.

'어차피 차례에 행사까지 참석해야 하는데 당직 근무 서는 게 더 편하지.'

장군들도 부대에서 명절 보내는 마당에 소위가 뭐라고 부대에 안 붙어 있겠나.

전역하려는 단기 복무 간부가 아닌 이상 명절 당일에 부대에 없는 간부는 드물었다.

'이왕 하기로 한 거 제대로 해야지.'

아마 대한의 동기들도 전부 명절에 부대에 있을 것이다.

그들도 장기 복무 희망자였고 지휘관에게 잘 보이고 싶을 테니까.

물론 백종우는 이런 건 생각지도 않고 있었다.

"……진짜 괜찮냐? 그럼 나 종민이한테 바꿔 달라고 말한다?"

"아, 제가 말씀드리려고 했는데 선배님이 말씀해 주시겠습니까?"

"어유, 네가 귀찮게 그런 걸 왜 하냐? 내가 종민이한테는 가서 말하고 올게."

"알겠습니다."

"와, 대박이네. 갔다 오는 길에 영훈이 형한테 말하고 와야겠다. 고맙다, 대한아."

"예, 다녀오십쇼."

"진짜 고맙다 대한아. 내가 밥 살게."

"하하, 알겠습니다."

백종우는 자리에서 벌떡 일어나 인사과로 향했다.

'욕심 없는 사람이 명절 당직이라서 다행이네.'

대한은 기분 좋게 짐을 정리하며 퇴근 준비를 시작했다.

✳

퇴근한 대한은 숙소가 아닌 대구로 향했다.

문을 열자 안에서 엄마가 아닌 오랜만에 보는 얼굴이 대한을 반겼다.

민국이었다.

"어? 충성! 김 소위님 일찍 오셨습니다?"

대한은 반가운 미소를 짓는 한편 민국이의 손을 보며 고개를 저었다.

"자식이 경례 꼬라지 하고는…… 손을 이렇게 해야지. 그나저나 어쩐 일로 독서실 안 가고 집에 있냐?"

"오늘 엄마가 형 일찍 온다고 같이 밥 먹자고 해서 왔지."

"그래? 너 공부한다고 일부러 부르지 말라고 했는데 엄마도 참."

"에이, 아니야. 저녁 먹을 여유는 있어. 가끔이라도 얼굴 봐야지. 이러다 까먹겠다."

환하게 웃는 민국.

동생의 웃는 얼굴을 보니 괜히 기분이 좋아졌다.

동생은 전생에서도 늘 웃음을 잃지 않던 녀석이었으니까.

얼마 뒤, 혼자 장을 보고 온 엄마까지 집에 도착했고 세 식구는 오랜만에 다 같이 밥을 먹을 수 있었다.

식사를 하던 중 대한이 물었다.

"공부는 잘돼 가냐?"

"그냥 하던 대로 하는 거지 뭐."

"공부 잘하는 놈이 그런 말하니까 더 재수 없네."

"후후, 원래 천재들은 재수 없는 법이지."

성적은 안 물어봐도 뻔했다.

공부 잘하는 학군으로 유명한 수성구 내 고등학교에서 전교권으로 세 손가락 안에 늘 들었다.

전생에 집안 사정만 아니었음 우리나라 최고 대학이라 불리는 곳도 여유롭게 가고도 남았을 놈.

그렇기에 성적은 안 물어봐도 지망 학교는 물어봤다.

"학교는 어디 가려고?"

"대구에 있는 곳 가야지 뭐."

"……뭐?"

생각지도 못한 대답에 대한은 자기도 모르게 큰 소리로 되묻고 말았다.

대한은 깜짝 놀랐다.

당연히 서울대에 갈 줄 알았더니 왜?

대한이 진심으로 놀란 마음에 물었다.

"너, 문과 아니냐? 의대 가는 것도 아닌데 왜 대구에 있겠단 거야, 성적 아깝게?"

"아직 고민 중이야, 그건 수능 성적 나오고 다시 이야기해 줄게."

"그래? 일단 알겠다."

기분 좋은 날 꼬치꼬치 캐묻기도 뭣해서 그만 물어보기로 했다.

머리 좋은 놈이니까 다 생각이 있겠지.

이윽고 식사를 마친 대한이 설거지를 하고 있을 때 민국이가 조심스럽게 다가왔다.

"형. 잠시만 이야기 좀."

진지해 보이는 얼굴.

대한이 물었다.

"……여기서 해? 아니면 나갈까?"

"여기서 해도 괜찮아."

대한은 엄마가 방에 들어가 계시는 걸 확인하고는 목소리를 낮춰 물었다.

"학교 때문에 그렇지? 아까 대구에 남겠다는 거."

"맞아. 역시 장교는 다르네."

"얼굴만 봐도 딱 알지. 근데 너…… 혹시 안 가겠다는 거 엄마 때문이냐?"

대한의 말에 민국이 어색하게 웃으며 머리를 긁적였다.

"그렇지 뭐. 형도 부대에 있어서 집에 자주 못 오는데 나까지 서울 가 버리면 엄마 혼자 집에 있어야 하잖아. 더군다나 집도 이렇게 큰데 사람도 없으면 얼마나 썰렁하겠어."

설마 했더니 정말이었을 줄이야.

기특한 놈.

내 동생이지만 어떻게 이런 생각을 다 할까.

대한이 설거지물을 잠그고 손을 닦으며 말했다.

"야, 나 영천에 3년은 더 있어야 한다. 출퇴근 하면서 내가 엄마 모실 테니까 넌 건방 떨지 말고 성적 맞춰서 제일 좋은 데로 가. 그게 효도야. 그리고 내가 딴 데로 갈 때쯤 네가 조기졸업하고 바톤터치 하면 되잖아."

"3년 안에? 그럼 1년을 조기졸업하란 거야?"

"왜, 못 해?"

"아니, 뭐…… 근데 대학교 재미없어?"

"공부 안 하면 재밌는데 공부하면 재미없는 곳이지."

"그럼 그냥 조기졸업 하겠네, 뭐. 알겠어. 형 말대로 할게."

"그나저나 이 자식…… 공부에 집중하라니까 그런 생각도 하고 있었냐?"

대한은 가라앉은 분위기를 민국이의 뒤통수를 치는 것으로 환기시켰다.

"아, 기억력 안 좋아져."

"집 걱정은 내가 열심히 할 테니까 넌 공부만 열심히 해. 괜히 까불지 말고."

"알겠어."

그때, 대한의 엄마가 방에서 나왔다.

"이야기 다 끝났어?"

"엇…… 다 들었어?"

대한이 약간 당황하며 물었고 엄마가 빙긋 웃으며 답했다.

"엄마 귀 밝은 거 몰랐어? 그나저나 둘 다 아침 일찍 나가서 저녁 늦게 들어오는 주제에 내 걱정하는 척 하기는. 어차피 평소에도 얼굴 잘 못 보고 있었으니까 너희가 걱정 안 해도 엄마는 잘 있을 수 있어. 요즘 드라마 다시 보기 하느라 바쁘니까 둘 다 방해할 생각이나 하지 마."

두 사람은 엄마의 말에 민망해졌다.

사실 집에서 엄마를 보는 시간이 30분은 될까?

대한이야 주말에 쉴 때 와서 오래 보고 가는 편이지만 매일

출퇴근을 한다면 집에 와서 잠자기 바쁠 것이었다.

민국이 또한 야간자율학습이 끝나고 와서 간단하게 먹을 것만 먹고 방으로 들어가는 마당에 엄마 생각을 과하게 하고 있었다.

'엄마가 애도 아니고…… 너무 오버했네.'

대한이 엄마에게 다가가 어깨동무를 하며 물었다.

"그만큼 엄마 생각을 많이 한다는 거지. 그나저나 우리 여사님은 요즘 무슨 드라마에 빠져 계시나? 나도 오랜만에 드라마나 같이 볼까?"

"나도 같이 볼래."

"고3은 공부나 해. 수능 며칠 남았다고 드라마야?"

"아, 나는 가족 아니야?"

"다 널 위해서 하는 이야기란다. 얼른 가방 싸서 나가. 엄마랑 데이트할 거야."

"하루 정도는 쉬어도 될 만큼 해 놔서 괜찮아."

"자신감 하고는…… 그래, 공부에 휴식도 필요하긴 하니까. 오랜만에 같이 시간 보내자."

이번 명절은 부대에서 보내야 한다는 걸 가족들에게 미리 말해 놓았다.

그렇기에 대한이 집에 있는 주말, 대한의 가족은 명절보다 더욱 따뜻한 하루를 보내는 중이었다.

다음 날 아침.

대한은 눈을 뜨자마자 집을 나왔다.

민국이를 독서실에 데려다주고 난 뒤 곧장 동구에 있는 한 카페로 이동했고 자리를 잡은 지 몇 분, 피부가 까맣게 탄 오정식이 카페 문을 열고 들어왔다.

대한은 오정식의 외모를 보고 커피를 뿜을 뻔한 것을 겨우 참았고 대한의 반응을 본 오정식이 미간을 찌푸리며 말했다.

"재밌냐? 이 모습을 보고도 웃음이 나와?"

"크큭, 넌 군인도 아니면서 뭔 군인보다 더 타서 왔냐?"

"고생하고 온 친구한테 고생했다고 격려는 못할망정 감히 웃어?"

"알았어, 미안하다, 미안해. 음료 미리 시켜 놨다. 그럼 슬슬 제주도서 뭐 하고 왔는지 한번 들어 보자."

대한의 말에 오정식이 고개를 내저으며 파일 하나를 내밀었다.

"부동산 계약서고 일단 30억 정도 매입했다."

"그래도 어떻게든 다 쓰고 올 줄 알았는데 많이 남았네, 아쉽다."

"주식이 아니잖아. 그래도 이번 기회에 나도 많이 배우고 왔다."

"일단 이건 반응 나타날 때까지 묵혀 두는 것으로 하고……
이제 남은 돈을 어떻게 굴릴지 이야기해야지?"

"그래, 안 그래도 그게 제일 궁금했다. 뭔데? 새로운 투자가."

"이번엔 국내 말고 미국 주식을 좀 사보려고."

"미국 주식?"

오정식이 고개를 갸웃거렸다.

"굳이?"

"사람이 큰물에서 놀아야 크게 되는 거야. 벼룩을 통에 가둬
놓으면 그 통 높이밖에 못 뛴다는 거 알지?"

"그건 아는데…… 넌 국내 주식도 잘 모르면서 어떻게 미국
주식을 하려고 하냐? 또 나 시키려고?"

"왜, 미국 주식은 자신 없냐?"

대한은 오정식의 자존심을 건드렸고 발끈한 오정식이 목소
리를 높였다.

"야, 내가 미국 증시부터 살피고 국내 증시 살피는 사람이
야. 일주일이면 마스터 할 수 있어."

"자신감 보소? 수익률은 몇 프로 생각하냐?"

"얼마나 벌어 줄까? 10프로? 15프로?"

"1년에? 그것밖에 안 돼?"

저것도 일부러 허세 섞어서 크게 부른 건데 그것밖에라니?

오정식이 한숨을 쉬며 말했다.

"하…… 이번에 고아스 하나 제대로 터져서 네가 감이 없나

본데 내가 말한 수익도 엄청난 거야."

"에이, 아닐 걸?"

"참나, 그럼 네가 생각하는 수익률은 몇 프론데."

"한 10년에 열 배?"

"뭐……?"

대한은 애초에 오정식에게 미국 주식을 맡길 생각이 없었다.

그도 그럴 게 대한은 이미 살 종목을 정해 왔으니까.

'장투 해야지. 어차피 군 생활하면서 이것저것 신경 쓰기도 힘드니까.'

계급이 올라갈수록 더 신경 쓰기 힘들어질 게 분명했다.

그리고 이걸 떠올린 가장 큰 계기는 급등주가 떠오르지 않는다는 것.

'굵은 사건들은 기억난다만 이 시기에는 정신없이 군 생활만 하던 때라 사회가 어떻게 굴러가는지는 전혀 기억이 없다.'

그렇다고 돈을 가만히 놔둘 수도 없는 노릇.

그래서 생각하고 있는 것이 바로 미국 주식과 코인이었다.

'13년도 코인이 얼마였더라.'

회귀 전에는 코인 하나당 수천만 원을 호가했지만 13년도에는 100만 원도 안 했던 걸로 기억한다.

그렇기에 코인 투자를 하려면 지금이 적기였다.

'매입도 매입이고 만약 채굴할 수 있으면 채굴도 슬슬 준비해 봐야지.'

대한이 오정식에게 웃으며 말했다.

"예전에 네가 나한테 했던 말 중에 10억만 가지고 있으면 일 년에 1억 이상은 그냥 벌 수 있다고 했던 말 기억나냐?"

"……갑자기 그건 왜?"

"나랑 내기할래?"

"무슨 내기."

"10년 뒤에 수익률 누가 더 많이 올리는지. 만약 네가 나보다 수익률 더 많이 올린다면 내가 너한테 10억 줄 게."

대한의 말에 오정식의 표정이 일그러졌다.

"아침부터 술 먹었냐? 너 주식 잘 모르잖아."

"아무튼 할 거야 말 거야? 싫음 말고."

"꽁돈으로 10억 준다는데 안 할 놈이 어디 있냐?"

"한다는 거지?"

"당연히 하지. 딴말 못하게 계약서부터 쓰자."

"좋아, 각자 10억씩 투자해서 10년 뒤에 수익률 보자고. 대신 지면 넌 회사에 종신 계약하는 거다."

"그래라. 내가 지면 죽어서도 너희 회사에서 일한다."

오정식의 말에 대한이 입꼬리를 올렸다.

'나랑 평생 가겠구만.'

든든했다.

다른 사람도 아니고 오정식이 항상 함께해 준다면.

그래서 진짜 계약서도 작성했다.

물론 장난처럼 작성한 계약서긴 했지만 그럴 듯하게 지장도 찍고 서명까지 마쳤다.

오정식이 계약서를 보며 환하게 웃었다.

"이야, 내가 살면서 10억짜리 계약을 다 해 보네."

"아직 시작도 안 했는데 벌써 이긴 것처럼 이야기하나?"

"그래, 희망은 얼마든지 가져. 넌 내가 개인 돈으로 이때까지 얼마나 불렸는지 모르지?"

"안 궁금해. 결과로 이야기하자고 이제."

"크큭, 오냐. 그보다 이제 껍데기 말고 알맹이를 이야기해 봐, 갑자기 미국 주식 이야기 꺼내는 걸 보니 관심 가는 데가 있어서 이러는 거 아냐."

"맞아. 너 혹시 넷플릭스랑 테슬라 아냐?"

"그게 뭔데?"

역시 모르는구만.

그럴 수 있다고 생각했다. 애초에 두 회사가 한국에서 유명해지려면 한참 뒤의 이야기니까.

"둘 다 내가 관심 가지고 있는 곳들이야. 난 여기다가 투자하려고."

대한이 어제 확인해 본 결과, 현재 두 회사의 가치는 거의 공짜라고 할 정도로 저렴한 상태였다. 그렇기에 미국 주식을 구매해야 한다면 꼭 이것들을 구입할 생각이었다.

물론 후보 중에는 애플이나 다른 기업들도 있었지만 대한이 아는 기업들 중 투자 대비 최고 효율은 저 두 개가 최고였다.

'어차피 떨어질 시기도 아니까.'

대한이 웃으며 말했다.

"이것들은 내 개인 돈으로 한 10억씩 좀 부탁할게."

"네 돈으로 사는 거니까 상관은 안 한다만 그럼 수익률 내기는 어떻게 하려고? 금액을 맞춰야 비교를 하지."

"난 둘 중에 수익률 제일 낮은 걸로 할 게. 그럼 되지?"

"오케이, 그렇다면야 뭐. 근데 진짜 괜찮겠냐? 너 어차피 장도 안 보고 그냥 묵혀만 둘 거잖아."

"상남자는 그런 거 보는 거 아냐."

"그래, 뭐. 네 돈이니까 알아서 하시고…… 근데 진짜 잃어도 모른다?"

"괜찮아. 내가 언제 돈 잃었다고 뭐라 하는 거 봤냐? 그보다 미주는 미주고 이제 다른 투자처에 대해서 좀 알려 줄게."

"다른 투자처?"

"너 비트코인이라고 들어 봤냐?"

"비 뭐? 코인? 그게 뭔데."

역시 모를 줄 알았다.

대한이 씩 웃으며 말했다.

"가상 화폐의 일종인데…… 여튼 최신 기술로 만들어진 암호 화폐 같은 거라고 생각하면 돼."

코인은 대한도 짧은 경험이 있었다.

인생이 너무 비참해서 웃을거리를 찾다가 우연히 코인을 알게 되어 돈을 좀 넣어 봤지만……

'그땐 이미 열풍이 끝난 뒤라서 돈만 날렸지.'

큰돈은 아니었지만 그래도 일주일은 밥이 안 넘어갔다.

대한은 비트코인에 대해 검색하고 있는 오정식에게 말했다.

"이건 내기랑 상관없으니까 신경 쓰지 말고 그냥 사서 푹 묵혀만 놔. 팔 타이밍은 내가 알려 줄게."

"야, 근데 너 이거 알고 사는 건 맞냐? 들어 보니까 너도 잘 모르는 것 같은데 잘 모르는 거에 무턱대고 투자하는 거 진짜 멍청한 짓이야."

"또 말해야 돼? 난 그런 거 신경 안 쓴다니까? 그냥 투자만 잘해 주시죠."

"아, 예. 오너님."

오정식은 더 이상 토를 달지 않았다.

어차피 말해도 안 들을 거, 귀 따갑게 말해 봤자 뭣하나 싶어서였다.

두 사람은 대충 일 이야기를 마무리한 뒤 카페에서 나왔다.

"이제 집에 가냐?"

"가야지. 나 추석 때 당직이라 집에 못 와서 주말 동안 가족들이랑 시간 좀 보내려고."

"그래, 뭐. 고생하고 그럼 나 간다."

"야, 정식아."

"왜?"

"항상 고맙다. 네 덕분에 내가 맘 편히 군 생활한다."

"갑자기 오글거리게 왜 이래? 칭찬할거면 돈으로 줘."

"떡값이랑 상여금 해서 넉넉히 가져가라. 월급의 200%면 되지?"

"뭐? 야, 미쳤냐? 왜 이렇게 많이 줘?"

"제주도에서 고생했잖냐. 그 정도는 받아 가야지. 선물 세트 같은 건 못 샀다. 식용유보단 돈이 낫잖아?"

"그건 그렇지만…… 알겠다, 고맙다."

"그래. 나도 간다. 너도 바로 집에 가냐?"

"볼일 좀 보고 들어가려고. 수고."

인사를 마친 오정식이 업무용으로 산 차에 몸을 싣고 다음 스케줄 장소로 향했다.

✖

한편 그 시각.

휴가를 나온 최종찬은 집에서 할머니의 일을 도와주고 있었다.

"할머니 먼저 들어가 계세요. 제가 정리하고 들어갈게요."

"아이고, 우리 손주 고생하면 안 되는데……."

"에이, 이게 무슨 고생이라고. 하나도 안 힘드니까 얼른 들어가요."

최종찬은 본인을 도와주려고 하는 할머니를 집에 들여보내고는 아침에 주워 온 폐지를 정리하기 시작했다.

이렇게 정리해 두면 고물상 사장님이 차를 끌고 와 폐지를 싣고 갔으니까.

그래서일까?

폐지는 주워 오는 것보다 정리가 더 힘들었다.

그도 그럴 게 마당이 그리 크지 않아서 폐지가 좀만 모여도 마당이 난잡해지기에 잘 정리해 둬야만 했다.

일전에 할머니가 폐지를 밟고 미끄러진 적도 있어서 더욱 신경 쓰는 부분도 있었고.

마당 정리를 한참 하던 최종찬은 생각했다.

'군대를 좀 미룰 걸 그랬나.'

최종찬은 항상 할머니 걱정뿐이었다.

그렇기에 입대 후 처음으로 돌아와 마당 정리를 하는데 마음이 그렇게 불편할 수가 없었다.

입대 전에는 자신이 매일같이 마당 정리를 했었으니까.

하지만 나라의 부름에 할머니를 떠나야만 했고 그 이후로 할머니에 대한 걱정이 부쩍 늘었다.

'그래도 건강하셔서 참 다행이야.'

검정고시를 마치고 집에 돌아올 때만 해도 걱정이 참 많았다.

오랜만에 오는 집이라 할머니는 강녕하신지, 집 정리는 잘되어 있는지 아무것도 몰랐으니까.

전화를 매일 드리긴 했지만 할머니는 항상 괜찮다고만 하시니 자세한 사정은 절대 알 수가 없었다.

하지만 오랜만에 보는 할머니는 생각보다 건강해 보이셨고 집도 말끔하게 정리가 잘되어 있어 얼마나 다행인지 모른다.

그렇게 한참 동안이나 폐지 정리를 하던 중 정리하던 상자에서 웬 약봉지 하나를 발견했다.

'약봉지?'

쓰레기 주워 올 때 같이 딸려온 건가?

흔한 일이었기에 그냥 넘기려 했다.

약봉지에 적힌 이름만 보지 않았다면.

'할머니 이름? 여기에 왜 할머니 이름이 적혀 있지?'

동명이인인가?

그럴 수도 있다고 생각했다.

할머니한테 병원에 가셨다는 말은 듣지 못했으니까.

그렇기에 최종찬은 대수롭지 않게 생각하고 약봉지를 다시 상자에 넣고 정리했다.

잠시 후, 마당 정리를 마친 최종찬이 집으로 들어와 할머니에게 말했다.

"할머니, 정리 끝났어요."

"어유, 내 새끼. 많이 덥지? 여기 물."

최종찬은 시원한 물을 한 번에 들이켠 뒤 물었다.

"경로당 다녀오실 거죠?"

"경로당은 무슨, 손주 밥 차려 줘야지."

"괜찮아요. 밥만 떠서 먹을 수 있게 다 준비해 놨는데 그 정도도 못 할까 봐? 아까 윗집 할머니한테 들어 보니까 오늘 추석 장 보러 간다던데 얼른 가 보세요. 전 씻고 공부하고 있을게요."

"괜찮겠니? 혼자 있어도."

"괜찮아요, 제가 뭐 애도 아니고. 가서 재미나게 장 보고 오세요."

"홀홀, 그래. 그럼 금방 다녀오마. 필요한 거 있으면 전화하고."

"예, 알겠어요."

경로당에 가는 건 할머니의 유일한 낙이었다.

원래는 하루 종일 폐지를 주우러 다니셨지만 할머니가 한두 번 넘어지신 이후로는 최종찬이 강경하게 막았다.

폐지 몇 개 때문에 할머니의 건강이 악화라도 되면 곤란했으니까. 게다가 휴가 일정상 명절에는 할머니와 함께하지 못하니 더더욱 경로당에 보내야만 했다.

그래야 겉돌지 않고 경로당에서 즐겁게 시간을 보내실 수 있을 테니.

이윽고 할머니가 떠나신 뒤, 최종찬은 바로 샤워를 했다.

샤워를 마친 후에는 못 다한 집 정리를 위해 집 안 이곳저곳을 들쑤시기 시작했다.

이렇게라도 정리하지 않으면 할머니는 밖에서 주워 온 쓰레기들을 재활용이랍시고 집 안 곳곳에 쌓아 두시니까.

그렇게 집 안 정리를 시작하길 한참, 최종찬은 할머니의 옷 틈 사이에서 웬 약봉지들을 대량으로 발견할 수 있었다.

'이게 뭐야?'

약봉지에는 할머니의 이름이 적혀 있었다.

그래서 더 놀랐다.

그도 그럴 게 군에 입대하기 전까지만 해도 할머니는 따로 복용하시는 약이 없으셨으니까.

'그럼 아까 마당에서 본 것도?'

퍼즐이 하나씩 맞춰지자 온몸에 소름이 돋았다.

최종찬은 피가 차게 식었다.

그도 그럴 게 할머니는 병원을 싫어했으니까.

'가면 멀쩡한 곳도 상한다고 병원 근처는 절대로 안 가려고 하시는 분인데.'

게다가 이렇게 많은 약을 바구니도 아니고 옷 사이에 그냥 숨겨 두시다니?

최종찬은 본능적으로 그 이유를 알았다.

아마 자신에게 들키고 싶지 않으셨던 거겠지.

자기가 알면 걱정할 테니까.

그때였다.

"할머니! 저 왔어요!"

낯선 남자의 목소리.

최종찬은 흠칫 놀랐지만 이내 무시했다.

그도 그럴 게 동네가 좁고 조용하기에 골목에서 큰 소리를 내면 동네 모든 집에서 들리는 게 바깥 소리였으니까.

이번에도 그런 상황이라고 생각했다.

그때, 남자가 한 번 더 말했다.

"할머니! 집에 안 계세요? 저 들어갑니다?"

철컹.

문 열리는 소리.

최종찬은 깜짝 놀라며 자리에서 일어났다.

이건 아무리 봐도 자기 집 대문 여는 소리였기 때문이다.

밖으로 나가자 웬 외국인 노동자처럼 생긴 남자가 자신을 보고 있었다.

남자의 정체는 오정식이었다.

당황한 오정식이 최종찬에게 물었다.

"누, 누구세요?"

"……그건 제가 물어야 되는 거 아닌가요? 전 이 집 손자입니다."

"손자? 어, 손자분이면 지금 군대에 있어야 하지 않나……?"

"……저 아세요?"

아뿔싸.

최종찬 스케줄을 대한에게 안 물어봤구나.

당황한 오정식의 눈동자가 흔들리기 시작했다.

하지만 그렇다고 해서 마냥 대한을 원망할 수도 없었다.

그도 그럴 게 최종찬 할머니 케어 건은 자신이 알아서 한다고 했으니까.

대한도 딱히 알려 달라고 하지 않았고.

그렇기에 생각이 많아졌다.

'대한이가 절대로 먼저 말하지 말라고 했는데…… 미치겠네, 이거 어디서부터 어떻게 말해 줘야 되지?'

당연히 당황스러울 수밖에.

그도 그럴 게 최종찬이 보기에 자신은 굉장히 수상한 사람이었으니까.

그때 최종찬이 눈을 가늘게 뜨며 물었다.

"할머니 보러 오신 거세요?"

"아, 예. 맞습니다."

"혹시 뭐 영업하러 오신 겁니까?"

오정식은 오늘도 빈손으로 오지 않았다.

그래서 저런 질문을 한 것.

어르신들을 대상으로 한 방문 판매가 종종 있긴 했으니까.

결국 오정식은 자신의 정체를 밝힐 수밖에 없었다.

"아무래도 오해를 좀 하시는 것 같은데 전 이런 사람입니다."

오정식이 명함을 꺼내 내밀었고 최종찬이 그것을 살폈다.

"……DH투자 대표? 여긴 우리 소대장님 지인이 운영하는 회사라고 했는데?"

아.

다행히 아는구나.

오정식이 한결 가벼워진 표정으로 말했다.

"예, 맞습니다. 제가 대한이 지인입니다."

"여기 대표님이십니까?"

"예, 명함에 적혀 있지 않습니까."

명함에는 일부러 대표 직함을 넣었다.

이외에도 전략적 영업을 위해 여러 직함이 찍힌 명함들이 있었지만 일부러 대표 명함을 보여 줬다.

그게 가장 확실해 보일 테니까.

그러나 최종찬은 좀처럼 믿기 힘들다는 표정을 보였고 결국 오정식은 신분증까지 꺼내 자신의 신분을 증명하였다.

"정말이셨네요. 근데 소대장님 지인분이 저희 집은 어떻게 알고 오셨을까요? 혹시…… 저희 소대장님이 보내셨나요?"

"그게……."

오정식은 잠시 고민하던 끝에 고개를 끄덕였다.

"예, 뭐 비슷합니다. 대한이가 비밀로 해 달라고 했는데 제가 종찬 씨 스케줄을 모르다 보니 이런 일이 생기는군요."

"아!"

대한이 보냈다는 말에 최종찬은 그제야 모든 의심을 떨쳐 냈다.

그리고 뒤늦게 머리를 숙이며 죄송함을 표했다.

"죄송합니다! 전 그런 줄도 모르고……! 이, 일단 안으로 드시죠."

"예, 그럼."

계속 비밀로 할 수도 없는 노릇이고 솔직히 이쯤 돼서 밝혀도 나쁘지 않겠다는 생각이 들었다.

이런 것 갖고 대한이 뭐라고 할 사람도 아니고.

그래서 오늘 전부 다 밝히기로 했다.

집 안에 들어오며 오정식이 물었다.

"그런데 할머니가 안 보이시네요?"

"아, 좀 전에 경로당 가셨어요. 모셔 올까요?"

"아닙니다, 괜찮습니다. 그럼 이것만 대신 전달 좀 해 주세요. 제주도로 출장 간 김에 사 온 건데 할머니께서 제주도 전통 과자를 한번 먹고 싶다고 하셔서 사 왔습니다. 이따 할머니랑 드세요."

"감사합니다."

그런 줄도 모르고 종이백만 보고 영업맨으로 오해하다니.

최종찬은 더더욱 미안함을 느꼈다.

이윽고 오정식의 요청대로 찬물 한 컵이 대령됐고 물을 반 컵 정도 들이킨 오정식이 먼저 이야기를 시작했다.

"흠흠, 일단 자초지종부터 말씀드리자면 대한이가 따로 부탁을 해서 저희가 할머니를 케어해 드리고 있었습니다. 자기 밑에 소대원 중에 하나가 할머니랑 둘이 사는데 걱정이 많다고요."

"아⋯⋯."

대화는 이제 겨우 시작됐을 뿐인데 최종찬은 벌써부터 목이 메어 왔다.

그렇잖아도 은인이라고 생각하고 있던 사람인데 이렇게까지 신경 써 주고 있었을 줄이야.

오정식의 말이 이어졌다.

"그리고 아실지 모르겠는데 실은 얼마 전에 할머니 모시고 대학병원에서 종합검진도 받았습니다. 다행히 어디 편찮으신데는 없고 노인분들 특유의 노환으로 인한 질환 몇 개 정도만 갖고 계신데 그건 크게 걱정하지 않으셔도 됩니다."

"아, 그럼 옷장에 있던 약봉지의 출처가⋯⋯."

"예, 그겁니다. 제가 주기적으로 할머니 모시고 병원도 가고 있고 마당 정리도 돕고 있으니 크게 걱정 안 하셔도 됩니다. 아, 물론 종찬 씨에게 말 못 한 건 할머니가 부탁하셔서 그런 겁니다. 괜히 손자분 걱정하신다고 입단속을 부탁드리더군요."

"⋯⋯감사합니다."

"아닙니다. 다 대한이가 부탁해서 하는 건데요, 뭐. 병원비나 약값 같은 것도 신경 안 쓰셔도 됩니다. 저희 회사에서 지원해 드리고 있으니까요. 아, 참고로 대한이는 종찬 씨 모르게 할머니 케어를 부탁드렸습니다. 괜히 손자분 부담된다고 어찌나 신 신당부를 하던지. 근데 일이 이렇게 돼서…… 하하."

오정식이 어색하게 웃는다.

하지만 최종찬은 목과 울대가 얼큰해져 금방이라도 눈물이 터질 것 같았다.

그 모습을 본 오정식이 어색함에 헛기침을 했다.

"흠흠…… 아무튼 감사 인사는 제가 아니라 대한이한테 하시면 될 것 같습니다. 일이 이렇게 돼서 민망하긴 합니다만, 그래도 종찬 씨 전역 때까진 저희가 물심양면으로 케어할 생각이니 종찬 씨는 열심히 나라를 지키시면 될 것 같습니다. 그럼 전 먼저 일어나 보겠습니다."

오정식이 민망함에 서둘러 일어나려 하자 최종찬이 쏟아 내듯 말을 뱉어 내기 시작했다.

"감사합니다, 대표님. 정말로 감사드립니다. 소대장님뿐만이 아니라 대표님께도 정말 감사합니다. 이 은혜는 절대로 잊지 않겠습니다."

"아닙니다, 뭐…… 하하, 그럼 할머니한테 안부 전해 주세요. 이젠 모른 척 하기도 그른 것 같으니까."

오정식은 서둘러 자리를 떴고 대문을 벗어날 때쯤, 고개를 저으며 생각했다.

'괜찮겠지.'

뭐 나쁜 일 한 것도 아니고 어때.

오정식은 대한에게 이 사실을 알리지 않기로 했다.

이 문제는 이제 자신의 손을 떠난 두 사람의 몫이었으니까.

다음 날 저녁.

대한은 집에서 이른 저녁을 먹고 부대로 향했다.

오늘 검정고시를 치러갔던 스터디원들이 복귀하는 날이었기에 칭찬과 동시에 수능 문제집 전달식을 할 예정이었다.

휴가자들 복귀 시간에 맞춰 부대에 도착한 대한에게 누군가 전화를 걸어왔다.

대한이 미소를 지으며 전화를 받았다.

"어, 종찬아. 부대 복귀 잘했냐?"

─충성. 숙소에 계십니까?

"어, 방금 들어왔다. 올라갈 테니까 간부 연구실에서 보자."

─저, 소대장님.

"어, 왜?"

─그…… 잠시 숙소 앞에서 뵐 수 있겠습니까?

"응? 곧 올라가는데?"

대한이 의문을 표했지만 최종찬은 아무 대답도 하지 않았다.

대한은 심상치 않음을 느끼고는 조심스럽게 말했다.

"기다리고 있을게. 내려와."

─예, 감사합니다.

뭐지?

집에 무슨 일이라도 생긴 건가?

괜히 걱정됐다.

그로부터 얼마 뒤, 최종찬이 금방이라도 울음을 터뜨릴 듯한 표정으로 대한에게 다가왔다.

'표정이 왜 저래? 설마 할머니한테 무슨 일 생겼나?'

오정식한테 뭐 들은 건 없는데?

그때, 최종찬이 먼저 허리를 숙였다.

"정말 감사합니다, 소대장님."

갑작스런 폴더 인사.

그리고 감사하다는 말.

그렇기에 대한은 본능적으로 알았다.

아. 종찬이가 드디어 비밀을 알게 됐구나.

이윽고 최종찬이 허리를 펴자 대한이 헛기침을 하며 모른 척 했다.

"흠흠, 뭐가? 갑자기 왜 이래?"

"일부러 모르는 척 안 하셔도 됩니다. 저 휴가 때 오정식 대 표 만났습니다."

"그, 그랬냐?"

"정말 감사합니다. 전 그동안 그런 줄도 모르고 소대장님께 감사 인사 한번 제대로 못 드렸는데…… 정말 죄송합니다."

"아, 뭘 또 죄송까지 하냐. 내 부하 챙기는 건데 당연한 거지."

"소대장님……."

"어우, 민망해라. 됐다, 난 또 뭐 때매 나 부르나 했네. 얼른 들어가서 쉬어."

대한이 민망함에 서둘러 최종찬을 보내려 했으나 최종찬이 꿋꿋하게 자리를 지키며 말했다.

"소대장님, 정말 감사합니다. 원래도 항상 감사하게 생각했지만 이 은혜는 평생 잊지 않겠습니다. 제가 앞으로 더 잘하겠습니다. 정말 잘하겠습니다."

"그래 알겠다. 앞으로 잘하도록 하고 얼른 가, 나 민망하니까."

"충성!"

정말 민망해서 먼저 올려 보냈다.

그리고 먼저 올라가는 최종찬의 뒷모습을 보는데 그 기분이 참 나쁘지 않았다.

아니, 홀가분했다.

전생의 최종찬을 생각하면 현재의 최종찬은 정말로 일이 잘 풀리고 있는 중이었으니까.

그나저나…….

'이 자식은 어떻게 일을 하길래, 이렇게 들켜?'

대한은 바로 오정식에게 전화를 걸었다.

─왜?

"왜는 뭘 왜야, 너 나한테 할 말 없냐."

─……최종찬?

"어떻게 들켰어?"

─그게…….

대한의 물음에 오정식이 자초지종을 설명했고 설명을 들은 대한이 고개를 끄덕였다.

"휴가 스케줄 공유 안 한 내 잘못이네. 그래도 고생했다."

─흠흠, 잘 해결됐냐?

"일이 나쁘게 풀릴 건 없지. 그래도 내심 알아줬으면 했는데 기분은 좋네."

─그래 인마. 기부 같은 것도 몰래 하는 것보다 남들 다 알게 하는 게 좋은 거야. 그래야 선한 영향력을 뿜지. 너도 고생했다.

"네가 그렇게 말한다면야 뭐. 앞으로도 좀 부탁할게. 종찬이 전역할 때까지만."

─한번 케어하면 끝까지 해야지. 안 그래도 그럴 생각이었다.

"고맙다 항상."

─아, 오글거리게 왜 이래. 나 바빠 끊는다.

오정식도 민망함에 얼른 전화를 끊었다.

짜식.

같은 경상도 남자 아니랄까 봐 피하긴…….

통화를 마친 대한은 기분 좋게 숙소로 향했다.

다음 날 오전.

　　일과 시작 시간에 맞춰 전 병력이 사열대에 모였다.

　　모인 이유는 다름 아닌 포상 휴가 시상 때문이었고 옥지성과 최종찬이 그 대상자였다.

　　뿌듯하기 그지없는 표정들.

　　그러나 일과 시작하기 30분 전.

　　놀랍게도 두 사람은…… 아니, 옥지성은 간부 연구실에서 대한에게 시상대에 서기 싫다며 빌고 있었다.

　　"아, 소대장님. 진짜 시상식 안 하면 안 되겠습니까? 많이 부끄럽습니다."

　　"뭐가 부끄러워? 노력의 결실인데."

　　"아니, 그건 맞는데…… 남들 다 있는 고등학교 졸업장 딴 걸로 200명 앞에 서는 건 좀 그렇습니다. 제가 중졸인 거 몰랐던 애들도 있을 텐데 굳이 밝히는 꼴 아닙니까."

　　오.

　　그건 좀 일리가 있네?

　　하지만 어림도 없었다.

　　"야, 대대장님이 주시는 표창이다. 설마 쪽팔린다고 조용히 휴가만 달라는 거냐? 대대장님이 호의로 주시는 포상 휴가를?"

　　"아, 아니 그건 아니지만……."

"건방진 놈이 생각하는 꼬라지 하고는…… 야 어깨 펴. 너 예전엔 중졸이었지만 이젠 고졸이잖아. 그리고 왜 그렇게 부끄러워하냐, 사람들은 오히려 널 대단하다고 생각하지 절대 비웃지 않아."

"그, 그렇습니까?"

"그래, 인마. 너 부대원 중에 사실 중졸이었는데 조용히 검정고시 준비해서 고졸이 됐다고 하면 걔 비웃을 거냐?"

"아닙니다, 대단하다고 느낄 것 같습니다."

"그래, 자식아. 배우고 노력하고 성장하는 건 전혀 부끄러운 게 아냐. 오히려 모두의 귀감이 될 만한 행동이지. 그니까 어깨 펴 자식아."

그런 이유로 결국 옥지성은 사열대 위에 서게 되었다.

이윽고 표창이 수여되고 휴가증이 두 사람의 손에 쥐어졌다.

병력들이 우레와 같은 박수를 쳐주었고 그런 과정을 거치는 동안 옥지성은 자기도 모르게 입꼬리가 올라갔다.

살면서 모두의 박수를 받으며 이런 표창을 받는 건 처음이었기 때문이다.

그렇기에 옥지성은 이런 기분이 나쁘지 않다고 생각했다.

아니, 오히려 짜릿함에 중독될 것만 같았다.

이윽고 두 사람이 중대로 복귀하자 박희재의 훈시가 시작됐다.

"내가 너희들을 잠시 빌린 것이라는 걸 잠시 잊고 있었다. 하지만 1중대 간부들은 그 사실을 잘 알고 있었던 것 같구나. 국방의 의무 때문에 잠시 들른 군대. 군인으로서 충실해야 하지만 사회에 나갈 준비도 게을리하면 안 된다. 맞나?"

"예! 맞습니다!"

"대대장은 여러분들이 노력한 결과에 대해 합당한 포상을 해줄 생각이다. 검정고시는 물론 그 흔한 컴퓨터 자격증도 얼마든지 휴가를 줄 테니 일단 취득만 해라. 알겠나."

"예! 알겠습니다!"

"다들 의지가 있는 것 같아 보기가 좋다. 그럼 오늘 하루도 고생하고 너희들이 발전해 나가는 모습을 기대하겠다. 중대장들은 모두 대대장실로 와라. 이상."

박희재의 훈시.

그건 병사들에게 꽤나 큰 이벤트로 다가갔다.

"컴퓨터 자격증 어차피 따야 하는데 군대에서 따야겠다."

"토익도 인정해 주나?"

"돈 주고 사는 자격증도 있지 않나?"

모두가 기뻐하는 그때, 딱 한 명.

몰래 한숨을 쉬는 이가 있었다.

고종민이었다.

이해는 됐다.

휴가는 전적으로 인사과장의 몫이었으니까.

그도 그럴 게 이런 건 휴가증만 발급해 주면 끝나는 게 아니라 휴가증이 나가는 규정까지 만들어 놔야 했기에 지금 병사들이 이야기한 것들을 모두 종합해야만 했으니까.

그렇기에 대한은 생각했다.

'내가 지금 인사과장이 아니라서 참 다행이야.'

잠시 도와줄까 싶기도 했지만 조용히 모른 척 하기로 했다.

왜냐하면 이건 정말로 노가다 그 자체였으니까.

물론 대한의 기준에서나 노가다지 고종민에게는 아주 어려운 일 중에 하나일 터.

'그래도 이런 이벤트도 있어야 성장을 하지. 빨리 커서 나한테 도움되는 인간이 되라.'

이윽고 대한이 시선을 옮겨 옥지성과 최종찬에게 다가가 말했다.

"좋냐?"

"예, 좋습니다."

"아깐 쪽팔리니 부끄럽니 하더니?"

"하핫, 막상 상장 받아 보니까 기분 좋은 것 같습니다."

"그래, 처음이 어렵지 원래 받고 나면 쉬워. 그런 의미에서 수능도 잘해 보자?"

"예, 알겠습니다!"

옥지성은 옥지성대로, 최종찬은 최종찬대로 전의를 불태웠다.

자식들.

기세만 보면 서울대 가겠네.

"가자. 내가 너희들을 위해 수능 문제집을 준비했으니."

"오, 정말입니까?"

"감사합니다, 소대장님!"

대한이 신난 두 사람을 포함해 병력들을 데리고 중대로 올라갔다.

✳

잠시 후.

대대장의 호출을 받은 중대장들이 모두 자리에 앉았다.

콜라로 목을 축인 박희재가 넌지시 말을 잇기 시작했다.

"요즘 부대 관리는 할 만들 한가?"

"예! 그렇습니다!"

"그래, 사고도 없고 바쁜 일정도 없어서 다행이구나. 그래서 말인데……."

박희재의 말에 중대장들 모두 올 것이 왔다는 표정을 지었다.

박희재가 자신들을 불러낸 건 안 봐도 뻔했으니까.

그리고 아니나 다를까.

"이번에 1중대 인원들이 검정고시 붙은 거 보고 많은 생각이 들더구나. 애들이 그렇게 공부를 열심히 하는 데 도움 준 게 하나도 없더라고."

말이 끝나기가 무섭게 이영훈이 눈치껏 얼른 대답했다.

"아닙니다. 대대장님이 굳건하게 자리를 지켜 주셨기 때문에 병사들이 든든하게 각자 할 걸 할 수 있었다고 생각합니다."

"이영훈이는 빠져 있고."

"아, 예."

말은 빠져 있으라 했지만 사실 이런 분위기에선 빠져 있는 게 제일 좋다.

말을 덜해야 총대 멜 확률이 줄어드니까.

그걸 알아서 박희재도 이영훈에게 빠져 있으라고 한 것이다.

이번에 표창 받은 두 명은 이영훈의 부하들이었으니.

물론 표정 관리는 해야 했다.

이럴 때 너무 티를 내면 나중에 눈총받기 십상이니까.

박희재의 말이 이어졌다.

"그래서 말이야, 내가 병사들한테 뭘 도와줄 수 있을까 곰곰이 생각해 봤는데 아무리 생각해도 내가 도와줄 수 있는 건 면학 분위기를 조성해 주는 것뿐이겠더라고."

그 말에 정우진이 대표로 대답했다.

"예, 맞는 말씀이십니다."

"그래, 2중대장은 공부 좀 했으니까 잘 알 거 아냐. 어떤 환경이 공부하기가 제일 편했나?"

"저는 주로 도서관에서 많이 했습니다. 적당히 소음도 있는 곳이 집중하기 편했던 것 같습니다."

"도서관이라…… 그럼 우리도 도서관 하나 만들까?"

아, 올 것이 왔다.

중대장들은 섣불리 입을 열 수 없었다.

여기서 먼저 입을 여는 순간 자신이 도서관을 만들어야 할 테니.

그때, 중대장들을 살피던 박희재가 이영훈을 불렀다.

"이영훈이."

"예, 대대장님."

"왜 대답이 없나?"

"아, 아까 빠져 있으라고 하셔서 가만히 있었습니다."

"이젠 들어와야지?"

"아…… 넵."

억울했다.

겨우 그물을 탈출했다고 생각했는데 이렇게 작살을 꽂을 줄이야.

이영훈이 말했다.

"근데…… 도서관 만드는데 시간은 얼마나 생각하십니까?"

"지금부터 고민해 봐야지?"

"책장이야 어떻게든 만든다고 쳐도 앉을 의자나 책상, 그리고 책 같은 경우엔 얼마나 걸릴지 장담을 못 드리겠습니다. 아무래도 매년 보강해 가면서 차차 만드는 것이 가장 좋을 것 같습니다."

지금 상황에서 할 수 있는 최선의 대답이었다.

거절도 수락도 아닌 애매한 대답.

그래도 납득은 돼서 박희재가 고개를 끄덕였다.

"하지만 난 지금 당장부터 지원해 주고 싶은데?"

"그럼 간부 연구실을 활용하는 것이 어떻겠습니까? 이번에 저희 애들도 간부 연구실에서 공부해서 합격한 것으로 알고 있습니다."

"그래? 역시 경험자는 달라. 때마침 이번 일의 주역인 대한이도 영훈이 밑에 있고…… 그럼 우선 간부 연구실을 활용하되 더 좋은 생각이 있으면 영훈이가 의견 준비해서 가지고 와 봐."

잠시만.

이게 무슨 소리야?

그러나 상황은 이미 이영훈 위주로 흘러가고 있었다.

이영훈이 탄식하듯 말했다.

"……대대장님, 애초에 저랑 대한이한테 맡기실 생각이셨던 게 아닌가 하는 생각이 듭니다."

"에이, 오해야, 오해. 듣다 보니까 1중대가 딱 적임자인 것 같아서 하는 말이야."

"……."

이영훈은 침묵했다.

하지만 완전히 절망하지 않았다.

이렇게 된 이상 대한이한테 이번 일을 맡겨야 한다는 생각이 강하게 들기 시작했으니까.

그렇기에 도리어 당당하게 대답했다.

"예! 뭐든 열심히 한번 해 보겠습니다!"

✳

천용득은 주창헌과 강예성의 조사를 마치고 유소연을 기다리는 중이었다.

잠시 후 유소연이 천용득의 집무실로 들어왔고.

"충성!"

"어, 유 하사. 오늘부터 다시 출근하는 건가?"

천용득은 전투복을 입고 있는 유소연을 반갑게 맞이했다.

유소연은 민망한 듯 천용득에게 말했다.

"예, 그렇습니다."

"군 생활하면서 또 이런 일이 생기면 바로 말해. 누구든 내가 싹 다 잡아넣어 줄 테니까."

장난처럼 말했지만 그 말이 장난이 아님을 안 유소연이 환하게 웃었다.

그도 그럴 게 주창헌을 시작으로 강예성과 인사과장 등등 주요직위자 모두가 징계를 기다리고 있었으니까.

뿌리를 뽑는다는 말이 이런 상황에 쓰이는 것이구나 알 수 있을 정도로 시원한 일처리였다.

"감사합니다. 덕분에 다시 군 생활에 희망을 가질 수 있게 되었습니다."

"감사하긴. 다시 돌아와 줘서 오히려 우리가 감사하지. 군에 자네같이 능력 있는 사람은 언제나 부족하니까."

빈말이 아니었다.

조사과정에서 알게 된 사실로 주창헌은 유소연에게 대대의 거의 모든 행정업무를 떠넘겼다는 것을 확인했다.

'일에 집중시켜서 다른 생각을 못 하게 했다고 진술했지.'

그저 잡아 놓기 위해 하사에게 그 많은 일들을 시키다니.

집착이 사람을 이렇게도 만드는구나 하고 놀라는 한편, 동시에 천용득은 유소연이 참 탐나는 인재라고 생각했다.

'그 정도면 사단에서 바로 스카웃 해와야지.'

사단 인사처에서도 잠깐 일을 가르쳐 보고는 왜 이제 보내 주냐며 천용득에게 아쉬운 소리를 했을 정도였다.

임시로 부대를 옮긴 것이긴 하지만 적응을 잘한다면 이만한 곳도 없었다.

'사단 인사처에서 부사관 장기를 담당하니까 잘 보이면 장기도 문제없겠지.'

유소연이 열심히 안 하는 것도 아니고 하는 만큼의 보상은 따라 줘야 한다고 생각했다.

천용득이 유소연을 보고 웃으며 말했다.

"그리고 감사한 건 나한테 할 게 아니라 김 소위한테 하는 게 맞을 거야."

"맞습니다. 절 구해 주신 분이지 않습니까."

"그것도 그런데 김 소위가 발 벗고 나서 줘서 증거도 제대로 확보할 수 있었거든."

"예? 헌병에서 조사한 게 아닙니까?"

"아냐. 사실상 이번 사건은 김 소위로 시작해서 김 소위가 끝냈다고 봐도 과언이 아니야. 꼭 헌병에 몇 년 있던 놈 같더라니까?"

"어쩐지…… 뭔가 좀 달라 보이긴 했습니다."

"그렇지? 하, 주변에 그놈을 아끼는 사람들이 너무 많아서 못 빼 오는 게 참 한이다. 그보다 아직 확정은 아닌데 궁금할 것 같아서 먼저 알려 주마. 일단 주 중령과 강 대위는 재판에 넘어가게 된다. 주 중령 같은 경우에는 사단장님께서 극대노를 하고 계시기에 징역과 더불어 파면에 처할 거야 인사담당관이니까 파면이 뭔지는 알지?"

받을 수 있는 징계 중 가장 높은 징계가 파면이다.

강제 퇴역 및 군적 말소는 기본이었고 퇴직금도 반 토막에 퇴직수당도 지급되지 않는다.

유소연은 주창헌에게 예정된 징계를 듣고 분노를 삼켰다.

본인에게 했던 행동들이 가장 높은 징계를 받을 정도였다니.

다행이면서도 괘씸했다.

유소연이 화를 꾹 참으며 대답했다.

"예, 잘 알고 있습니다."

"이어서 강 대위 같은 경우에는 똑같이 중징계이긴 하나 강등으로 예상이 된다."

사실 파면보다 강등이 오히려 더 부끄러울 수도 있었다.

그도 그럴 게 1계급 강등은 물론이고 3개월 정직 및 급여 및 수당이 2/3으로 감액되니까.

대위 전역을 기다리고 있던 강예성에게 가장 치명적인 징계였다.

'6년 차 중위…… 어울리는 계급으로 전역하네.'

특히 취업을 준비하는 강예성에겐 오히려 이편이 더 치명적일 것이다.

천용득이 이어서 물었다.

"내가 말한 거 다 기억하나?"

"예, 당연히 기억하고 있습니다."

"그럼 나 대신 내용 전달 좀 부탁해도 될까?"

"징계 내용을 말입니까?"

"어, 그놈도 몹시 궁금해하고 있을 거거든."

그놈.

대한을 뜻했다.

유소연도 그가 누군지 대번에 알아들었고.

그렇기에 흔쾌히 부탁을 수락했다.

"예. 알겠습니다. 제가 연락해서 직접 전달하겠습니다."

"그래, 겸사겸사 감사의 인사도 꼭 전하고."

"안 그래도 그럴 생각이었습니다. 감사합니다."

천용득이 휴대폰을 확인하는 유소연을 보면서 흐뭇하게 웃으며 생각했다.

'대한아, 화이팅이다.'

※

한편 그 시각.

대한은 다년간의 노가다로 실전 압축 근육을 가지고 있는 옥지성과 팔씨름 연습 중이었다.

"이번엔 진짜 안 봐줍니다."

"언제까지 봐줄래? 실압근이니 뭐니 하더니 순 물 근육이네? 넌 오늘부터 물지성이다."

"큭!"

놀랍게도 옥지성은 단 한 번도 대한을 이기지 못했다.

이어서 또 한 번의 경기가 시작됐고 옥지성은 전완근의 핏줄을 잔뜩 올리며 전력을 다했다. 하지만.

"이딴 게 실압근?"

쾅!

대한은 이번에도 웃음과 동시에 옥지성을 넘겨 버렸다.

"아오!"

없는 머리를 헝클이며 절규하는 옥지성.

그것을 본 대한이 피식 웃으며 말했다.

"인마, 팔씨름이 힘의 전부인 줄 아냐? 기술이 중요한 거야, 기술이."

"팔씨름에 기술도 있습니까?"

"삽질에도 기술이 있는데 팔씨름에도 기술이 있지. 바보냐?"

"비법 좀 전수해 주십쇼."

"어허, 대회를 앞두고 어딜 감히 비법을 알려 하느냐. 스스로 정진하거라."

"치사하십니다."

"승부의 세계는 원래 그런 거란다."

대한은 남중, 남고, 공대를 나온데다 운동도 꾸준히 했고 팔씨름은 물론 허벅지 씨름도 심심하면 했었다.

그렇기에 부대원들은 대한의 적수가 되지 못했다.

'그래도 지성이가 힘이 좋아서 재미는 있었다.'

기분 좋게 몸을 푼 대한은 휴식을 취하기 위해 간부 연구실로 이동했다.

그때, 대한의 휴대폰이 울렸다.

유소연 하사였다.

대한이 반가운 목소리로 전화를 받았다.

"유 하사님 아닙니까, 몸은 좀 괜찮으십니까?"

─충성! 잘 지내셨습니까? 덕분에 건강하게 지내고 있습니

다.

"다행입니다. 아, 차량은 수리하셨습니까?"

ㅡ아, 그게……

유소연은 대한에게 대답을 망설였다.

대한은 그런 유소연을 가만히 기다려주었고.

ㅡ사실 차 근처도 안 갔습니다. 아직 주차장에 그대로 있습니다.

몸은 건강해도 정신은 아직 멀쩡하지 못한 듯했다.

대한이 어색하게 웃으며 말했다.

"괜히 말씀드렸습니다. 천천히 잊고 있다가 생각나면 그때 처리하십쇼. 저 어디 도망 안 가니까 걱정하지 마시고."

유소연은 대한의 공감과 배려에 울컥했다.

'전화라서 다행이야. 얼굴 보고 있었으면 눈물 흘렸겠어.'

은인에게 안 좋은 모습을 보일 뻔했다.

유소연은 빠르게 감정을 추스르고는 대한에게 말했다.

ㅡ김 소위님이랑 대화하면 뭔가 마음이 편해지는 것 같습니다. 아, 그리고 차량 수리비는 제가 알아서 하겠습니다. 소위님은 신경 쓰지 않으셔도 됩니다.

"예? 그거 뽑은 지 얼마 안 된 차량 아닙니까?"

ㅡ그렇긴 한데…… 저 살리시려고 그런 건데 제가 어떻게 고쳐 내라고 하겠습니까.

"힘들 때 돈 없으면 더 서럽습니다. 서로 월급 뻔히 아는데 더 많이 버는 제가 처리하겠습니다."

유소연은 대한의 말에 웃음을 터트렸다.

─소위님은 참 재밌는 분 같습니다.

그 말에 대한의 머리 위에 물음표가 띄워졌다.

뭐지?

어느 부분이 재밌다는 거지?

대한은 모태 솔로였기에 유소연이 한 말의 맥락을 이해하지 못했다.

그도 그럴 게 이건 일종의 호감 표시였으니까.

대한이 이해 못 할 호감 표시를 가볍게 무시한 채 말을 이었다.

"재밌단 말은 잘 못 들어 봤는데…… 유 하사는 참 이상한 사람 같습니다."

─에이 아닙니다. 장난도 잘 치시고 이 정도면 유쾌하신 것 같습니다만?

"뭐, 그렇다면 그런 거지만. 흠흠. 아무튼 안부 인사 때문에 전화 주신 겁니까?"

─아, 그것도 그거지만 천 중령님께 들은 징계 내용 전달 때문에 전화드린 것도 있습니다.

유소연은 천용득에게 들은 것들을 모두 전달해 주었다.

그 말에 대한이 고개를 끄덕이며 웃었다.

"다행인 것 같습니다. 그보다 유 하사는 결과에 만족하십니까?"

　-전 이 정도면 만족합니다. 그런 의미에서 다시 한번 감사드립니다, 김 소위님.

"아닙니다, 같은 군인으로서 해야 될 일을 했을 뿐입니다."

　-그렇지만 실상은 안 그런 사람이 더 많지 않습니까, 그래서 말인데 혹시 50사단 또 오실 일 있으시면 꼭 연락 주십쇼. 제가 밥 한번 사겠습니다.

"제가 거기 갈 일이 있을진 모르겠지만 일단 알겠습니다."

　-근무 중이신데 시간 많이 뺏어서 죄송합니다. 먼저 들어가 보겠습니다. 충성!

"예, 충성."

대한은 전화를 끊고는 바로 천용득에게 전화를 걸었다.

소식을 들었으니 들었다고 알려 줘야 했기에.

천용득은 쉬고 있었는지 대한의 전화를 빠르게 받았다.

"충성."

　-어, 대한아. 연락 잘 받았냐?

"예, 좀 전에 유 하사한테 전화받고 바로 전화드렸습니다. 고생 많으셨습니다, 대대장님."

　-내가 뭐 한 게 있다고. 밥상은 네가 다 차렸지. 그나저나 너 50사단 놀러 올 일 없냐?

"유 하사랑 똑같이 말씀하십니다?"

　-응? 유 하사가 뭐라고 했는데?

"50사단에 오면 연락 달라고 했습니다."

―그으래?

대한의 말을 들은 천용득의 입가에 미소가 그려졌다.

자신의 도움으로 젊은 선남선녀가 맺어지려는 과정을 보고 있자니 절로 웃음이 났기 때문이다.

―크크, 그랬단 말이지?

"예, 근데 그게 말이 됩니까? 군부대가 동네 밥집도 아니고 어떻게 함부로 막 가겠습니까."

―주말에 오면 되잖아.

"……주말에 오란 말씀이셨습니까?"

―언제든 오라는 말이었겠지. 한번 넘어와. 큰일 치렀는데 뒤풀이도 못 했잖아? 사단 근처 맛집은 내가 다 꿰고 있으니 몸만 와, 몸만.

"예, 알겠습니다. 그럼 곧 연락드리고 한번 찾아뵙겠습니다. 충성!"

이게 뒤풀이까지 할 일인가 싶었지만 윗사람이 그리 말하니 그렇구나 싶었다.

그때, 간부 연구실 문이 벌컥 열리며 이영훈이 들어왔다.

"미안하다."

갑자기 나타나서 사과부터 하는 이영훈.

대한이 미간을 좁히며 물었다.

"갑자기 말씀이십니까?"

"일단 난 사과했다?"

"부, 불안하게 왜 그러십니까?"

"일단 너도 사과받아 준 거다?"

"아, 아니 안 받았습니다. 절대 안 받을 겁니다."

"아냐, 넌 받았어. 그러니까 이제 중대 회의 좀 하자. 전부 모아서 중대장실로 와."

"보급관도 데리고 옵니까?"

"보급관님 필참!"

"예, 알겠습니다!"

뭐지? 뭐 때문에 저러는 거지?

대한은 불안함을 숨기지 못하며 간부들을 모으기 시작했다.

그로부터 얼마 뒤, 간부들이 모두 모이고 긴급회의에 대한 안건이 발의됐을 때 대한은 조용히 이영훈을 째려봤다.

그 노려봄에 이영훈이 헛기침을 하며 말했다.

"흠흠, 아무튼 그렇게 됐다."

"아니…… 그렇게 된 게 아니라 이건 그냥 저희더러 도서관 만들라고 하시는 거 아닙니까."

"……미안."

이영훈이 모두의 시선을 피해 고개를 숙이기 시작한다.

다음 권으로 이어집니다

빌런 경찰 이진우

경찰 이진우

이해날 현대 판타지 장편소설

『어게인 마이 라이프』 작가 이해날의
뒷목 잡는 특제 막장 복수극이 펼쳐진다!
『빌런 경찰 이진우』

인수합병을 통해 굴지의 대기업 진백을 세운 백동하
임종의 순간, 믿었던 가족과 친구에게 배신당하고
과거와 미래를 보는 능력을 가진 경찰 이진우로 깨어나다!

배신자들에게 지옥을 보여 주기로 결심한 진우는
특별한 능력과 기업사냥꾼으로서의 지식을 활용해
경찰로서 진백을 공략하기 시작하는데……!

전직 회장이 보여 주는 기업사냥의 진수!
상상을 뛰어넘는 대기업 흔들기가 시작된다!

공정거래위원회

현우 현대 판타지 장편소설

**중소기업 후려치던 인간 탈곡기
공정거래위원회 팀장이 되다!**

인간을 로봇 다루듯 쥐어짜며
갑질로 무장한 채 한명그룹에 충성을 바쳤지만
토사구팽에 교통사고까지 난 성균
깨어나 보니 다른 사람의 몸이다?

새로운 몸으로 눈을 뜨고 나자
비로소 갑질당한 그들의 눈물이 보이는데……
이번 생엔 그 죄를 참회할 수 있을까?

**죽음의 문턱에서 얻은 두 번째 삶!
대기업의 그깟 꼼수, 내 눈엔 다 보여!**

꿈의 도약, 로크에서 하십시오
(주)로크미디어에서 신인 작가를 모십니다

즐거운 세상, 로크미디어는 꿈을 사랑하고 도전을 두려워하지 않는 작가 분들의 참신한 작품을 기다리고 있습니다. 21세기 장르 문학계를 이끌어 갈 차세대 선두 주자 (주)로크미디어에서 여러분의 나래를 활짝 펴 보시길 바랍니다.

모집 분야 판타지와 무협을 포함한 장르 문학
모집 대상 아마추어 작가, 인터넷 작가
모집 기한 수시 모집
작품 접수 시 유의 사항
1. 파일명은 작가명_작품명.hwp형식을 갖춰 주십시오.
1. 파일에 들어갈 내용은 다음과 같습니다.
    ─ 성명(필명인 경우 실명을 밝혀 주세요), 연락처, 이메일 주소
    ─ 제목, 기획 의도
    ─ A4용지 1장 분량의 등장인물 소개
    ─ A4용지 2장 분량의 전체 줄거리
    ─ 본문
1. 작품이 인터넷에 연재되고 있다면, 게시판명과 사이트의 구체적이고 정확한 주소를 기재해 주십시오.

선택된 작품은 정식 계약 후 출판물로 간행되어 전국 서점에 유통됩니다.
작가 분은 (주)로크미디어의 전폭적인 지원하에 전속 작가로 활동하시게 됩니다.
※ 자세한 내용은 로크미디어 홈페이지(rokmedia.com)를 참조하세요.

(04167)서울시 마포구 마포대로 45 일진빌딩 6층
(주)로크미디어 편집부 신간 기획 담당자 앞
전화 : 02) 3273-5135
www.rokmedia.com   이메일 : rokmedia@empas.com